Amy Paige

No Perfect Girl

Verhängnisvolle Affäre

Psychothriller

Das Buch

Zwei Frauen, ein vertuschtes Verbrechen und ein geheimnisvoller Mann.

Die junge Lehrerin Britney ist frustriert. Ihr Freund Paul möchte sich nicht festlegen, und der Job an der Highschool in einer Kleinstadt Minnesotas langweilt sie. Auf einer Geburtstagsfeier begegnet sie Carol – eine Frau, die scheinbar alles hat, wovon Britney träumt: einen Ehemann, zwei Kinder und ein Haus im Grünen. Neidisch beobachtet Britney sie und wird dadurch Zeugin eines mysteriösen Autounfalls. Wenig später begegnet sie Travis, der ebenfalls in den Unfall verwickelt war. Leichtsinnig stürzt sie sich in eine Affäre mit dem attraktiven Mann. Ohne zu ahnen, worauf sie sich einlässt, gerät sie in einen gefährlichen Strudel aus Eifersucht und Gewalt. Doch je mehr sie über Travis und Carol erfährt, desto mehr schwebt ihr Leben in Gefahr. Verzweifelt sucht Britney einen Weg, um sich aus dem verhängnisvollen Sog der Ereignisse zu befreien.

Die Autorin

Amy Paige schreibt temporeiche Psychothriller für Frauen. Ihre Protagonistinnen sind keine strahlenden Heldinnen, sondern Menschen wie du und ich: voller Widersprüche, frustriert und mit einer Frisur, die nur dann sitzt, wenn es niemand mitbekommt. Doch am Ende des Tages meistern die liebenswerten Chaoten ihr Leben – falls sie nicht umgebracht werden.

Amy Paige

No Perfect Girl

Verhängnisvolle Affäre

Psychothriller

Impressum

No Perfect Girl – Verhängnisvolle Affäre

1. Auflage, Oktober 2017

Lektorat: Manuela Tiller, Textwerk Köln

Covergestaltung: ©authors-assistant
(Britt Toth http://authors-assistant.com)
unter Verwendung eines Bildes von
http://Shutterstock.com (Jens Ottoson)

Herausgeberin:
Kirsten Wendt c/o Marcus Hünnebeck
Hegelstraße 11, 40789 Monheim am Rhein

ISBN: 9781549930898

Alle in diesem Roman geschilderten Handlungen und Personen sind frei erfunden. Ähnlichkeiten mit lebenden oder verstorbenen Personen sind zufällig und nicht beabsichtigt.

1

Das perfekte Paar saß mir bei einer Geburtstagsfeier gegenüber, und ich war so neidisch auf die Frau, dass ich zwischendurch auf dem Klo des Restaurants verschwand, um heimlich zu heulen. Einen anständigen Weinkrampf gönnte ich mir nicht, weil sonst die Wimperntusche verlaufen wäre. Also restaurierte ich schniefend mein Make-up vorm schlecht beleuchteten Spiegel, zupfte am Kleid herum und schob eine Haarsträhne hinters Ohr, bevor ich zurück zum Platz ging und mich wieder neben Paul setzte.

Insgesamt acht Leute waren an unserem Tisch ins Gespräch vertieft, die komplette Gesellschaft umfasste drei Dutzend Männer und Frauen in modischen Ausgehklamotten. Paul und ich kannten keinen Menschen und betrieben höflichen Small Talk. Jeder Gast hatte sich bereits am Buffet satt gegessen und unterhielt sich nun dröhnend mit seinen Tischnachbarn. Die Musik war viel zu laut. Paul legte den Arm auf meine Stuhllehne, wir lächelten uns an und führten die Unterhaltung mit dem perfekten Paar weiter fort.

Sie hieß Carol und sah wie der glücklichste Mensch auf der Welt aus. Dabei war sie weder besonders schön noch schlank oder erfolgreich. Das Gleiche galt für ihren glatzköpfigen Mann Noah. Frisch verliebt wie Paul und ich waren sie nicht, denn wir waren erst seit einem Jahr zusammen. Sie hingegen trugen Eheringe, Platin oder Weißgold. Ihre lange, gemeinsame Vergangenheit, die zwei Kinder, der gewachsene Freundeskreis – das alles war scheißungerecht. Ich wollte auch eine Familie haben; mit sechsunddreißig nun wirklich nicht der abwegigste Wunsch. Aber Paul dachte nicht im Traum daran, sich seine beginnende Karriere durch Kinder zu versauen. Außerdem gilt es als unsexy, wenn eine Frau Druck aufbaut und an das Ticken ihrer biologischen Uhr erinnert. Ticktack.

»Du heißt echt Britney wie Britney Spears?«

Noah lachte und machte große Augen. Wirklich, diese Frage hatte ich ja noch nie gehört. An Originalität kaum zu überbieten.

»Ganz genau.« Ich zuckte entschuldigend mit den Schultern und wartete auf den Song, der nun garantiert kommen würde.

»Oh, Baby, Baby …«, sangen Carol und Noah zeitgleich los und rollten lasziv mit den Zungen.

»Bingo.« Paul grinste voller Besitzerstolz. »*Baby One More Time* nehmen die meisten.«

»Und was steht auf Platz zwei? Nein, warte, ich weiß es ... *Oops, I Did It Again*?« Carols Augen leuchteten. Gleich würde sie aufspringen und zum DJ eilen, um sich ein Lied zu wünschen.

»Ja, richtig. Alle hassen sie, alle lieben sie. Genau wie meinen Namen.«

»Als Teenie habe ich stundenlang vorm Spiegel die Tanzschritte geübt. Ich wollte wie Britney Spears aussehen. Und dann war sie auch noch so wahnsinnig sportlich. Hach, wie habe ich sie beneidet.« Sehnsüchtig summte Carol textsicher vor sich hin.

»Bei mir war's anders, weil ich sowieso nicht mithalten konnte. Mein Namenszwilling war tausendmal sexyer, erfolgreicher und fitter als ich, da gab ich dann die Anti-Britney. Trug nur schwarze Klamotten und färbte mir die Haare dunkel.«

»Du siehst doch auch gut aus, brauchst dich wirklich nicht zu verstecken«, meinte Noah tröstend.

Carol trat ihren Mann unterm Tisch gegen das Schienbein, was ich zwar nicht sehen, aber an seinem erstaunten Blick spüren konnte.

»Vor allem hat man dich nicht entmündigt, und du hast dir keine Glatze schneiden lassen«, sagte sie. »Die war ja zwischendurch total fertig. Völlig kaputt vom frühen Ruhm. Ganz ehrlich, da verzichte ich doch gern auf Geld und Prominenz und genieße stattdessen mein kleines, beschauliches Leben. Wir wissen jedenfalls, wo wir hingehören.«

Das hätte ich auch gern gewusst. Ich lachte scheinheilig und nickte, dabei war mir erneut zum Heulen zumute. Paul und ich waren so unverbindlich. Wir wohnten noch nicht mal zusammen.

»Ich geh ein bisschen an die frische Luft.« Bloß weg hier, bevor ich einen peinlichen Auftritt hinlegte und meinem Freund vorwarf, mich noch immer nicht seinen Eltern vorgestellt zu haben.

»Soll ich mitkommen?«, fragte Paul. »Ist dir nicht gut?«

»Nein, alles bestens, ich bin gleich wieder da.«

Carol warf mir einen mitleidigen Blick zu und räusperte sich. »Und ich frage mal den DJ, ob er Britney Spears spielt. Oder was von den Backstreet Boys.«

»Meine Frau und ihre Leidenschaft für schlechte Musik. Was hört deine Frau denn so?«, hörte ich Noah Paul fragen, als ich zeitgleich mit Carol den Tisch verließ.

»Auch irgendwelchen Mädchenkram. Aber wir sind ja nicht verheiratet.«

»Ach so, klar. Muss jeder für sich entscheiden.«

Meine Tischnachbarin und ich liefen ein paar Schritte in die gleiche Richtung, ich bog ab und ging nach draußen. Ein paar Raucher standen herum, auf deren Gesellschaft ich keine Lust verspürte. Ich wollte überhaupt niemanden sehen, alles ging mir wahnsinnig auf die Nerven. Rechts am Gebäude führte ein schmaler Schotterweg zu den Parkplätzen, wo auch Pauls Wagen stehen dürfte – wir hatten bei unserer Ankunft den Schlüssel einem Mitarbeiter des Lokals vor dem Haupteingang überreicht, der die Autos anschließend woanders parkte. Vielleicht hätte ich dort meine Ruhe. Vorsichtig stöckelte ich durch die Dunkelheit und erreichte den menschenleeren Parkplatz. Nur um ein Ziel anzupeilen, denn einen Schlüssel hatte ich ja ohnehin nicht dabei, suchte ich Pauls schwarzen Chevrolet, fand ihn aber beim groben Blick über die unzähligen Blechkarossen nicht. Egal, was hätte ich auch davon gehabt?

Gelangweilt und ohne Ziel lief ich zwischen den aufgereihten Limousinen und SUVs umher. Keine Ahnung, was mir durch den Kopf ging, es war auf jeden Fall nichts Gutes. Vielleicht Dinge wie: Was um alles in der Welt hat mich dazu bewegt, in diese öde Kleinstadt zu ziehen? Wäre ich im Süden geblieben, hätte mein Leben ganz anders ausgesehen. Vermutlich auch nicht besonders spannend, aber ich hätte Paul nicht kennengelernt. Ich war vor knapp zwölf Monaten gerade erst nach Minnesota gezogen, um meinen neuen Job in einer Highschool anzutreten, als wir uns im Bezirksamt zufällig über den Weg liefen. Ich brauchte einen neuen Reisepass, ihm fehlte ein Stempel im Führerschein. Er war witzig und attraktiv. Wäre er nur witzig gewesen und nicht attraktiv, hätte er mich nicht gereizt. Klar, das gibt man als Frau natürlich nicht gern zu, aber so ist es gewesen. An Paul interessierte mich anfangs vor allem seine schöne Hülle, weil ich kein Interesse an einer ernsthaften Beziehung hatte. Schließlich war ich aus Florida nur aus dem Grund in den arschkalten Norden gezogen, weil ich einen anderen Typen vergessen wollte.

»Hey, nicht so schnell, warte mal eben!«, riss mich eine empörte Männerstimme aus meinen Gedanken.

Ich stand an eine Mauer gelehnt, nicht weit von einer Nebeneingangstür entfernt. Dort stürzte eine Frau heraus. Es war Carol! Sie bemerkte mich nicht, ich befand mich im Dunkeln und beobachtete das aufgebrachte Treiben.

»Ich habe keine Zeit!«, rief sie, drehte sich im Laufschritt um und atmete schwer.

Hinter ihr eilte jemand her, vermutlich der wütende Mann. Dass es sich nicht um Noah handelte, erkannte ich aufgrund der fehlenden Glatze. In der zweiten Reihe leuchteten die Scheinwerfer eines geparkten Autos auf. Carol fuchtelte mit einem Schlüssel herum und fand ihr Fahrzeug. Klack, die Zentralverriegelung wurde geöffnet.

»Nun bleib doch mal stehen! Ich habe das nicht gemacht, ehrlich nicht!« Das war wieder er.

Ich hatte mich inzwischen einen Schritt vorbewegt, überlegte, ob ich zu der Frau gehen sollte, die ich noch vor wenigen Minuten beneidet hatte, hielt aber inne und blickte zum Auto, in das sie sich setzte. Die Scheinwerfer blendeten mich, es waren nur ein paar Meter, die uns trennten. Carol glaubte wohl, der Typ stünde noch beim Gebäude, doch er war weitergegangen und inzwischen hinter ihrem Auto verschwunden. Sie rief in meine und somit die falsche Richtung: »Ich muss jetzt echt los!«

Sie zog von innen die Fahrertür zu, startete den Wagen und fuhr im Rückwärtsgang los.

»Hey«, schrie er, es knallte, der Mann brüllte vor Schmerz. »Aaah!« Sie war rückwärts in ihn hineingefahren!

»Oh Gott«, stöhnte ich und wollte zu ihr laufen, hielt jedoch kurz darauf in der Bewegung inne. Mit weit aufgerissenen Augen starrte sie mir ins Gesicht. Hatte sie mich entdeckt, oder ging ihr Blick ins Leere? Meinem Mund entkamen nur seltsame Laute. Ich war schockiert, weil sie ein Stück nach vorn setzte, so weit, dass nicht mehr viel gefehlt hätte und sie auch mich plattgemacht hätte. Dann fuhr sie wieder nach hinten, aber dieses Mal mit Karacho. Rums. Hatte sie angenommen, sie müsste nur einen Begrenzungsstein überwinden? Glaubte sie, über eine Parkplatzmarkierung zu fahren, vielleicht über eine Erhebung in Form eines Grünsteifens oder eines Findlings? Ich kapierte es nicht und war wie vom Donner gerührt. Der Mann brüllte. Ich konnte ihn nicht sehen, er lag wohl am Boden. Ihr Wagen, ein dunkler SUV, geriet ins Schlingern und holperte über den Mann. Was tat sie denn da? Sie musste doch merken, dass das unmöglich ein Stein sein konnte! Sie überfuhr ihn!

»Spinnst du? Hör auf damit!«, rief oder flüsterte ich. Ich hatte keine Ahnung, ob sich meine Worte nur in meinem Kopf abspielten oder ich sie ausgesprochen hatte. Geschockt sprang ich vor und zurück, nach links und rechts, handelte nur noch instinktiv, wie ein Tier auf der Flucht.

Hektisch riss sie die Tür auf und schnauzte: »Wehe, du verrätst ein Wort, dann mache ich dich fertig!«

Wen meinte sie? Ihn oder mich? Mir hatte es die Sprache verschlagen, meine Kinnlade fiel runter und ich nickte dümmlich, obwohl sie das wahrscheinlich gar nicht sehen konnte. Sie zog die Wagentür wieder zu und raste mit quietschenden Reifen davon.

Die Schmerzensschreie waren verstummt. Ohne zu dem Mann zu schauen, der vermutlich blutüberströmt um sein Leben kämpfte oder bereits tot war, ging ich wie in Trance rückwärts zu der Tür, aus der die beiden gekommen waren. Hinter mir spürte ich einen Treppenabsatz. Immer noch hatte ich wie ein hypnotisiertes Kaninchen Carol hinterhergestarrt, jetzt drehte ich mich um und ging durch einen schmalen Flur an der Restaurantküche vorbei zurück zum Saal, in dem die Feier stattfand.

»Wo warst du denn so lange?«, fragte Paul, als ich mich neben ihn setzte. Erleichtert stellte ich fest, dass Noah nicht da war. Warum eigentlich beruhigte mich die Tatsache, dass er mir nicht mehr gegenübersaß? Was war hier los? Was stimmte mit Carol nicht, und was nicht mit mir? Ich begann, etwas zu vertuschen, obwohl ich keine Ahnung hatte, warum ich das tat.

»Entschuldige, mir ist auf einmal so schlecht geworden, dass ich dachte, ich müsste mich übergeben.« Demonstrativ griff ich nach einer kleinen Wasserflasche und trank einen Schluck.

»Ich hatte mir schon Sorgen gemacht.« Seine Stimme klang vorwurfsvoll und beleidigt.

»Jetzt bin ich ja wieder da. Tut mir leid.«

»Aber wo hast du die ganze Zeit gesteckt? Ich habe einmal vorn nach dir Ausschau gehalten, aber da standen nur Raucher rum.«

»Echt?« Schweißtropfen rannen mir vom Nacken den Rücken herunter. War das der berühmte kalte Angstschweiß? »Kann eigentlich nicht sein. Ich war vorm Haus. Aber ich musste halt auch ein paar Mal aufs Klo. Wir haben uns wohl verpasst.«

»Wird dann so gewesen sein. Du bist ja kreideweiß! Sicher, dass du wieder fit bist? Vielleicht hast du dir den Magen verdorben. Hattest du was vom Fisch genommen?«

»Weiß ich doch nicht.«

»Du wirst wohl wissen, ob du vorhin Fisch gegessen hast. Daran denkt man doch als Erstes, wenn einem übel ist.«

Carols Worte liefen wie in einer Endlosschleife vor meinem inneren Auge ab.

Wehe, du verrätst ein Wort.

Eine Schweißperle bahnte sich ihren Weg bis runter zu meinem Steißbein.

Dann mache ich dich fertig.

Wie abgrundtief böse sie geguckt hatte. Wie hatte ich mich dermaßen in ihr täuschen können? Am Tisch hatte sie einen freundlichen Eindruck gemacht. Oder war es vielleicht doch ihr Mann gewesen, den sie …

»Hallo, Erde an Britney! Ich rede mit dir!«

Paul wedelte mit seiner Hand vor meinem Gesicht herum. Der machte mich wahnsinnig. Sollte ich es ihm erzählen? Und dann? Er würde mich für verrückt erklären, weil ich dem Mann nicht geholfen hatte. Das war unterlassene Hilfeleistung. Oh mein Gott, ich war zur Mitschuldigen geworden! Womöglich bei einem Mord! Ich musste unbedingt in Erfahrung bringen, wo der Unterschied zwischen Totschlag und Mord lag. Und welche Strafe einem als Zeuge blühte, wenn man bei Beobachtung einer Tat nicht zur Polizei ging.

»Das ist mir jetzt echt zu blöd«, meckerte Paul. »Ich glaube, wir fahren heim. Ich sage mal eben Jenna und Luke Bescheid, dass wir abhauen, weil du das Essen nicht vertragen hast.«

»Nein, doch nicht wegen des Essens. Sag einfach, ich fühle mich nicht gut.«

»Von mir aus. Aber ich tippe auf eine Lebensmittelvergiftung. Oder auf einen Horrortrip. Du siehst wirklich aus, als sei dir der Leibhaftige höchstpersönlich begegnet.«

2

Wir warteten an der Auffahrt auf Pauls Wagen, den der Parkservice bringen sollte. Nichts geschah, es dauerte und dauerte. Irgendwie musste ich das verdammte Zittern in den Griff bekommen und schlang die Arme um den Körper, während ich ungeduldig von einem Fuß auf den anderen trat.

»Gleich gehe ich noch mal zur Rezeption und beschwere mich«, sagte Paul verärgert. »Wieso brauchen die so ewig?«

»Keine Ahnung. Bestimmt kommt gleich jemand.«

Ich stellte mir vor, wie in diesem Moment ein schockierter Mitarbeiter um Hilfe rief, nachdem er den Fund auf dem Parkplatz gemacht hatte. Vielleicht unternahm man gerade Rettungsversuche und machte Anstalten, den Verletzten wiederzubeleben.

»Na gut, noch ein paar Minuten warte ich ... Ah, ich glaube, jetzt geht es los.«

Unser Auto kam zügig um die Ecke und wurde abrupt gebremst. Ein Fahrer in schwarzen Klamotten stieg hastig aus und nickte uns zu.

»Entschuldigen Sie die Verzögerung. Es gab einen Unfall, dadurch ist alles durcheinandergeraten.«

»Oh, hoffentlich nichts Schlimmes?«, fragte Paul.

Ich räusperte mich laut und warf einen ungeduldigen Blick hinüber. »Wollen wir dann bitte …?« Dass der auch immer so viel quatschen musste. Schlimmer als jede Frau. Und in dieser Situation unangenehmer denn je. Ich wollte nicht, dass die beiden über die Sache sprachen.

»Äh, ja, natürlich, Honey«, antwortete Paul. »Schlüssel steckt?«

»Schlüssel steckt, Sir. Gute Heimreise!«

Der Fahrer machte den Platz hinterm Steuer für Paul frei, und ich setzte mich erschöpft neben ihn. War mir das gerade wirklich passiert? Vielleicht hatte mir meine Fantasie einen Streich gespielt. So etwas gab es nur im Film und in Büchern, das passierte nicht mir. Ausgeschlossen. Als wir hier vor wenigen Stunden angekommen waren, kannte ich noch gar keine Carol – und nun sollte genau diese Frau vor meinen Augen eine Straftat begangen haben? Völlig absurd. Ich hatte nichts mit alldem zu tun, war nur zufällig auf diese bescheuerte Geburtstagsparty geraten. Jenna war Pauls Kollegin in der Bank, deren Leitung er übernommen hatte. Genau genommen war er ihr Vorgesetzter, weswegen sie uns wohl auch eingeladen hatte. Tatsächlich kannten die beiden sich kaum, und ich hatte wenig Lust, mich mit einer Gegeneinladung zu revanchieren. Jetzt weniger denn je.

»Wie fandst du den Abend sonst so?«, fragte Paul und fuhr los.

»Hm, weiß nicht. Ich habe ja kaum mit jemandem geredet. Jenna sieht ganz nett aus.«

»Ist sie auch. Ich glaube übrigens, dass sie und Luke an einem Baby basteln. Aber du hast dich doch sehr angeregt unterhalten, bevor du rausgegangen bist. Die beiden an unserem Tisch waren okay, oder?«

In meinem Kopf flirrte es, ich bekam Sehstörungen. Kleine bunte Sechsecke störten mein Sichtfeld. Bilder, als wenn man durch ein Kaleidoskop blickt. Ich schloss die Augen. »Hm, ja.«

»Was ja? Du bist wirklich manchmal komisch, Britney. Nicht böse gemeint, aber mitunter habe ich das Gefühl, du schließt mich komplett aus deinem Seelenleben aus.«

Eine Grundsatzdiskussion, auch das noch. »Blödsinn. Ich bekomme eine Migräne, das ist alles. Momentan interessieren mich deine Freunde einfach nicht, kannst du das bitte akzeptieren? Außerdem führen die ja alle ihre Traumleben, während ich ...« Ich unterdrückte mühsam die Tränen. »Egal. Vergiss es. Fahr mich bitte nach Hause, ich muss dringend ins Bett.«

Er bog von der Bundesstraße scharf rechts ab und schien vor Wut zu kochen. Sein Problem. Ich hatte größere Probleme.

»Wie du meinst. Nur zum Verständnis: Ich soll nicht bei dir schlafen?«

»Heute nicht. Du findest eh keine Ruhe, wenn ich Migräne habe.«

»Eben war es noch eine Lebensmittelvergiftung. Aber bitte, wie du wünschst. Ich kann übrigens nichts für deine Unzufriedenheit. Du bist für dein Glück selbst verantwortlich.«

Der hatte doch einen Vollschaden. Wer hatte denn behauptet, ich hätte mir den Magen verdorben? Ich antwortete nicht mehr und war froh, als ich zehn Minuten später die Haustür hinter mir zuziehen konnte und meine Ruhe hatte. Nachdenken, einen klaren Kopf bekommen, das wollte ich. Stattdessen lief ich wie ein Tiger im Käfig hin und her. Meine Wohnung, die mir sonst einen schützenden Rahmen bot, wurde zum Gefängnis. Ich fand keine Ruhe, weder auf dem Rücken liegend im Bett noch in der Küche bei heißer Milch oder vorm Laptop, wo ich in Newstickern nach einem schrecklichen Fund auf dem Parkplatz vorm »Jake‘s Finest BBQ« suchte. Aber da war nichts. Entweder war es noch viel zu früh dafür, weil es gerade erst passiert war, oder Carol hatte dem Mann nur ein Bein gebrochen. So was erschien nicht in den Nachrichten, das war uninteressant. Und suchen würde man sie bestimmt nicht, denn der Typ und sie hatten sich gekannt. Hätte er nur einen Kratzer abbekommen, würde er Carol vielleicht schützen und behaupten, er sei gestolpert. Falls er sich schwerer verletzt hatte, könnte er angeben, dass Carol es gewesen war.

Ich musste mir keine Sorgen machen, absolut unnötig. Außer, sie hätte ihn umgebracht. Dann könnte er nicht mehr quatschen. Aber ich könnte es.

Erst im Morgengrauen fand ich einige Stunden Schlaf. Der Vibrationsalarm meines Smartphones weckte mich, weil ich das verdammte Teil auf einen wackeligen Untergrund gelegt hatte. Seufzend erkannte ich Pauls Gesicht auf dem Display. So gut sah er nun auch nicht aus. Innerhalb einer Nacht hatte sich alles verändert. Ich war heilfroh, keine Mutter zu sein, obwohl ich einen Tag zuvor um diese Uhrzeit das Gegenteil behauptet hätte. Nicht auszudenken, wenn jetzt lärmende Kinder um mein Bett stürmten. Ich wollte meine Ruhe haben, vor allen.

»Hm?«, brummte ich ins Telefon.

»Guten Morgen, Baby, habe ich dich geweckt?«

»Ja. Ist egal.«

»Das tut mir leid. Du kannst gleich weiterschlafen, ich wollte nur Bescheid sagen, dass du gestern sehr gut bei den Leuten angekommen bist.« Ich erahnte seinen zufriedenen Gesichtsausdruck. »Die fanden dich richtig nett.«

»Danke, das ist ja schön«, versuchte ich es mit einer freundlicheren Tonlage. »Wer denn genau?«

»Bestimmt alle.«

»Ja, sicher ...«

»Nein, im Ernst. Jenna hat mir gerade eine WhatsApp geschickt und geschrieben, dass sie sich für unseren Besuch bedankt und wir ein hübsches Paar abgeben. Und dann hatte wohl noch dieses Paar von unserem Tisch gemeint, du seist eine sympathische Person.«

»Wer hat das gesagt?« Ich richtete mich auf.

»Hä? Jenna. In ihrer WhatsApp.«

»Nein, ich meinte: Haben diese Carol und ihr Mann das zu Jenna gesagt? Dass ich eine sympathische Person bin? Oder nur der Mann, also Noah?«

»Britney, ich kann dir nur schwer folgen. Irgendwas war gestern in deinem Essen, du bist ja immer noch total konfus. Also, ich lese dir Jennas Nachricht mal vor: Hi Paul, danke für den netten Abend, Luke und ich haben uns sehr über euren Besuch gefreut. Ihr gebt übrigens ein sehr hübsches Paar ab. Noah meinte sogar, dass deine Britney eine sympathische Person ist. Pass also gut auf deine Freundin auf, haha! Bis Montag im heiß geliebten Büro, du bist dran mit Kaffeekochen, Jenn.«

»Also hat es nicht das Paar gesagt, sondern nur der Mann«, resümierte ich und unterdrückte die erneut aufsteigende Panik.

»Die Frau war gewiss ebenfalls der Meinung, oder glaubst du, ein Mann wagt es, so etwas Nettes über eine andere Frau zu äußern, wenn seine eigene Ehefrau dabei ist? Das wäre ja lebensmüde«, sagte Paul lachend.

»Ich habe leider keine Ahnung, wie Eheleute das handhaben«, giftete ich. Außerdem lenkte es mich ab, Streit zu suchen.

»Wie geht es dir denn überhaupt?«, erkundigte er sich ungeachtet meiner miesen Laune.

»Mittelmäßig. Eine Lebensmittelvergiftung habe ich definitiv nicht. Vielleicht war alles einfach etwas zu viel in den letzten Wochen. Ich werde gleich duschen, mir einen Kaffee machen und mich dann an den Schreibtisch setzen.«

»Willst du den ganzen Sonntag arbeiten, oder darf ich heute Nachmittag vorbeikommen?«

»Ja, von mir aus«, antwortete ich bewusst ätzend. Wenn man mich so behandeln würde, wüsste ich, was zu tun ist. Doch Paul wusste es leider nicht.

»Prima, dann bringe ich Donuts mit. Ich muss dich schließlich aufpäppeln, damit du Montag wieder fit für deine Schüler bist.«

Nach dem Telefonat durchforschte ich erneut das Internet, doch fand nichts, was auf den Vorfall vom Vorabend hinwies. Dafür spuckte Google mir allerhand Informationen über Carol aus. Ich brauchte ein bisschen, um sie überhaupt zu finden, weil ich ihren Nachnamen nicht wusste, aber über Facebook-Freunde von Jenna gelang es mir letztendlich doch. Carol Sue Miller hatte ihr Facebook-Profil nur für Freunde sichtbar gemacht, aber es war kein Problem, auf anderen Seiten etliche Dinge über sie erfahren. Den Sonntagvormittag verbrachte ich stalkend.

Carol war fünfunddreißig Jahre alt, hatte früher als Krankenschwester in verschiedenen Kliniken gearbeitet und war inzwischen im privaten Pflegedienst beschäftigt. Es sah laut meiner Recherchen so aus, als ob sie nur wenige Stunden in der Woche arbeitete und die meiste Zeit für ihre Familie da war. Vielleicht verbrachte sie auch viel Zeit bei Kosmetikanwendungen und beim Sport, keine Ahnung. Ihr Mann brachte offenbar als Investmentbanker das Geld nach Hause, und es hätte mich nicht überrascht, wenn sie nebenbei Schmuck designt oder Dekoartikel gebastelt hätte. Richtig reich waren sie nicht, ich tippte auf gehobenen Mittelstand. Ihre Kinder – ein Junge und ein Mädchen – waren im Kindergartenalter. Ich entdeckte einige Aufnahmen von Carol aus ihrer Collegezeit, aber nichts Peinliches oder irgendetwas, was auf eine besondere Vergangenheit hinwies. Sie war nicht politisch interessiert, keine Spitzenschülerin gewesen und engagierte sich nirgendwo ehrenamtlich. Auf sämtlichen Fotos lächelte sie freundlich und harmlos in die Kamera. Von albernen, sonnenverbrannten Urlaubsbildern mit Cocktails in der Hand keine Spur. Die personifizierte Langeweile. Carol Sue Miller war eine Spießerin, und ich wunderte mich, warum ich diese Tatsache am Vorabend beneidenswert gefunden hatte. Oder steckte doch noch etwas anderes hinter der braven Fassade des All American Girls? Hinterm Steuer erinnerte rein gar nichts an die angepasste Ehefrau und Mutter – da war Carol zur Furie mutiert. Irgendwas störte mich am Gesamtbild, aber ich konnte nicht sagen, was es war.

Als Paul mit einer großen Pappschachtel Donuts zu mir kam, hatte ich immerhin endlich geduscht und mich angezogen. Im Laufe der Stunden war es mir gelungen, runterzukommen und den Verfolgungswahn abzuschütteln. Was sollte mir schon geschehen?

Er begrüßte mich mit einem zärtlichen Kuss, den ich versöhnlich erwiderte. Keine Lust auf Streit, ich wollte den Rest des Wochenendes in Ruhe verbringen und vorerst nicht weiter über Pauls Defizite nachdenken. Auf meiner winzigen Terrasse, die vom Wohnzimmer abging und mit zwei Blumenkübeln, einem Bistrotisch und zwei Klappstühlen bereits vollgestellt war, verdrückten wir die süßen Teilchen.

»Siehst du? Kerngesund«, triumphierte ich.

»Ja, ich glaube dir. Dann war das gestern nur ein kleiner Aussetzer.« Er machte eine Pause und dachte nach. »Als du das gestern mit den Traumleben sagtest – wie meintest du das eigentlich?«

»Ach, ich war nicht so gut drauf. Vergiss es bitte einfach.«

»Möchte ich aber nicht. Ich will, dass du glücklich mit mir bist und nicht weinen musst beim Anblick wildfremder Paare.«

»Okay. Wie drücke ich es am besten aus ...?«, druckste ich herum.

»Indem du es einfach rauslässt und nicht fieberhaft nach einer passenden Formulierung suchst. Ich kann die Wahrheit schon vertragen.«

»In Ordnung. Mir kamen diese Carol und ihr Mann total perfekt vor. Weißt du, so mit Kindern, Häuschen mit Garten, einem Familienhund und Weihnachten mit den Großeltern. Für mich wirkte es, als wüssten sie und Noah genau, wo sie hingehören. Das hat mich plötzlich traurig gemacht. Ich wünsche mir so was auch.«

Stille. Paul biss auf seiner Unterlippe herum und fixierte einen abgebrochenen Ast, der auf dem Rasen lag.

»Das ist schade. Ich hatte den Eindruck gehabt, du bist genauso happy wie ich. Da habe ich mir wohl was vorgemacht. Außerdem finde ich, dass man nichts überstürzen sollte. Wir sind doch noch nicht so lange zusammen, aber was nicht ist, kann ja noch werden. Meinst du, wir sollten nach einem knappen Jahr Beziehung die Dinge überstürzen?«

»Nein, natürlich nicht. Vielleicht ist es typisch Frau. Alle haben Babys, nur ich nicht – so in der Art. Obwohl ich gerade gar keines will.«

»Okay, das kann natürlich sein. Das geht bei uns Männern vermutlich erst später los, wenn überhaupt. Die Natur ist schon ungerecht, dass ihr euch beeilen müsst mit der Fortpflanzung, während wir Männer noch mit siebzig munter für Nachwuchs sorgen können.« Er nahm meine Hand und streichelte nachdenklich jeden einzelnen Finger. »Was hältst du davon, diese Carol mal kennenzulernen? Vielleicht freundet ihr euch an und du besuchst sie mal – und stellst fest, dass ihr Traumleben auch nur ein stinknormales Leben wie alle anderen ist. Wer weiß, vielleicht werdet ihr Freundinnen? Ihr wart euch ja gestern gleich sympathisch. Soll ich Jenna nach ihrer Handynummer fragen?«

Die weiß ich längst, dachte ich, ich könnte einfach zu Carol Sue Miller aufbrechen, weil ich sie stundenlang im Netz gestalkt habe. Aber ich nickte zustimmend. »Warum nicht? Es könnte zwar etwas aufdringlich wirken, aber andererseits brauche ich hier endlich ein paar Freundinnen, die keine Kolleginnen sind.«

»Das ist doch nicht aufdringlich. Sie hat doch schließlich Jenna selbst per WhatsApp geschrieben, dass sie dich mag.«

»Ihr Mann hat das geschrieben, nicht sie.«

»Was ihr Frauen euch alles merkt«, stöhnte er, »als ob es eine Rolle spielen würde, ob die Nachricht von Carol oder Noahs Handy gesendet wurde.«

Oh doch. Ich ahnte, dass es sehr wohl eine riesige Rolle spielte.

3

Meine Schüler stürmten mit Gebrüll aus dem Klassenraum. Es wunderte mich immer wieder, wie aus schlaffen und trägen Teenagern, die wenige Minuten zuvor noch nicht mal mehr die Kraft fanden, den Arm zu heben, eine tobende Meute wurde. Aus dem Augenwinkel sah ich, dass Vito schon wieder geärgert wurde. Bei Vito handelte es sich um einen echten Problemfall. Nichts schien er in den Augen seiner Mitschüler richtig zu machen. Egal, was Vito auch sagte oder tat – die Klasse rümpfte kollektiv verächtlich die Nase oder lachte ihn aus. Irgendetwas hatte dieser Junge an sich, das ihn zum Außenseiter abstempelte. Ich würde seine Eltern kontaktieren müssen, zumal er nicht ganz unschuldig an der Situation zu sein schien, denn mir war bereits mehrfach aufgefallen, dass er einige Mädchen merkwürdig bedrängte und ihnen beim Sprechen so nah kam, dass sie zuerst entsetzt zurückwichen und sich anschließend laut über ihn lustig machten. Vermutlich steckte er in einem Teufelskreis und fand allein keinen Weg hinaus.

»Ey, du Spacko, nimm deine stinkenden Flossen weg.«

Kreischend rannten zwei der angesagten Mädchen weg. Ich war mir nicht sicher, aber es sah so aus, als habe Vito gar nichts angestellt. Mit gesenktem Haupt ging er zur Tür und wurde von anderen Kids überholt und angerempelt.

»Geh zur Seite, du Penner!«, riefen sie.

»Aufhören damit«, schimpfte ich. »Benehmt euch!«

Die Teenies rannten sich jetzt fast über den Haufen, um von mir nicht erwischt zu werden. Es war zum Haareraufen. Vito verschwand aus meinem Sichtfeld.

»Achtung«, mahnte ich unnötigerweise, »nicht rennen. Ihr könnt euch draußen austoben.« Doch sie hatten bereits den Flur erreicht, wo sich meine Kollegen mit ihnen rumschlagen würden. Seufzend räumte ich meine Unterlagen zusammen und checkte mein Smartphone. Paul hatte mir geschrieben – er teilte mir Carols Adresse mit. Jenna habe ihm geraten, ich solle einfach bei ihr reinschneien und mein Glück versuchen. Ich tippte meine Antwort ins Handy ein und bedankte mich. Dabei kannte ich die Anschrift längst.

Drei Tage waren seit der Party vergangen, und ich hatte kein Wort vom Vorfall auf dem Parkplatz gehört.

Es war also nichts Schlimmes geschehen, ich konnte getrost mit der Grübelei über Carol und den angefahrenen Typen aufhören. Sollte ich wirklich vor Carols Haustür aufschlagen? Ach, egal, einmal rumfahren konnte nicht schaden. Ich wollte meine Paranoia einfür allemal loswerden, und das würde am besten gelingen, wenn sie mir vis-à-vis gegenüberstand.

Während der viertelstündigen Autofahrt zu ihr legte ich mir einige Sätze parat. Den Klassiker »Ich war zufällig in der Gegend« verwarf ich gleich wieder, doch so was wie »Ich hoffe, ich störe nicht, aber ich muss mich endlich um neue Bekanntschaften vor Ort kümmern, und da dachte ich, ich falle direkt mit der Tür ins Haus« sollte drin sein.

Das Haus der Millers hatte ich über Google Earth bereits gesehen, es bot daher keine Überraschung. Auf der menschenleeren Straße parkte ich vor der Auffahrt zum sandfarbenen Einfamilienhaus. Immerhin sah es nicht so tadellos und perfekt aus, wie ich es mir zu Beginn unserer Bekanntschaft ausgemalt hatte. Carol schien kein Fan von Blumen und Deko zu sein; der Eingangsbereich sah kahl und lieblos aus. Ich klingelte und sog scharf die Luft ein. Nur nicht zeigen, wie aufgeregt ich war. Immerhin war ich es als Lehrerin gewohnt, mich vor fremden Leuten aufzubauen und frei zu sprechen. Hinter der Milchglastür sah ich jemanden kommen, einen Mann. Mist, ich hätte lieber direkt sie angetroffen. Dynamisch riss er die Tür auf, hielt bei meinem Anblick kurz inne und lächelte. Auf dem Glatzkopf trug er ein dunkelblaues

Basecap, er steckte in Sportklamotten und schien in Eile zu sein.

»Oh, hallo ... Britney! Das ist ja eine Überraschung!«

»Hi Noah, ich hoffe, ich störe euch nicht, aber, ähm ... ist Carol da?«

Oh Gott, ich war so blöd. Andererseits konnte ich mich schlecht einem fast wildfremden Mann als neue Freundin an den Hals werfen. Es war richtig, nach Carol zu fragen. Durchatmen.

»Nein, die ist nicht zu Hause, tut mir leid. Soll ich ihr etwas ausrichten?«

»Das ist nicht nötig, ich melde mich einfach wieder. Wann kommt sie denn zurück?«

»Tja, wenn ich das so genau wüsste.« Er kniff die Augen zusammen und starrte an mir vorbei zur Straße. Hinter mir hörte ich einen langsam vorbeifahrenden Wagen. »Meine Frau brauchte eine kleine Auszeit und ist wohl etwas länger weg, vermute ich.« Das Wort Auszeit spie er verächtlich aus. Oho, eine Ehekrise. Und ich hatte neulich geglaubt, dem perfekten Paar gegenüberzusitzen. Um meine Menschenkenntnis war es nicht gut bestellt.

»Ach so, das tut mir leid«, stotterte ich. »Dann wünsche ich dir trotzdem noch einen schönen Tag.«

»Ich gebe dir ihre Handynummer, dann kannst du sie anrufen oder ihr schreiben. Irgendwann taucht Madame schon wieder auf.«

Er griff in die Tasche seiner Trainingshose und nahm sein Smartphone heraus.

»Klar, super«, murmelte ich, fischte in meiner Handtasche nach meinem Handy und tippte schnell Carols Nummer ein, die Noah mir diktierte. »Danke. Dann mach's gut.«

»Du auch. Viel Glück.«

Mit einer umständlichen Geste verabschiedeten wir uns voneinander, und ich ging zurück zu meinem Wagen. Auf der anderen Straßenseite parkte etwas weiter weg ein gelber Ford Mustang. Nicht, dass ich mich besonders für Autos interessierte, aber diese Marke war die Lieblingsmarke meines Dads gewesen, die erkannte ich sofort. Ich wollte gerade einsteigen, als ich einen Mann bemerkte, der zu dem Mustang gehörte. Er humpelte um sein Fahrzeug herum und war ebenfalls im Begriff, sich in seinen Wagen zu setzen. Mit einem angedeuteten Nicken – oder bildete ich mir das nur ein? – und ernstem Blick signalisierte er, dass auch er mich entdeckt hatte. Irritiert nickte ich zurück. Was war das denn? Kannte ich den? Vielleicht war er der Vater eines Schülers. Ach, egal.

Im Rückspiegel sah ich, wie er mir folgte. Vielleicht bildete ich es mir auch nur ein, aber immerhin musste er auf der Straße wenden, um die gleiche Fahrtrichtung wie ich zu nehmen. Außerdem hatte er ein Bein nachgezogen. Er war eine auffällige Gestalt, so viel stand fest. Breite Schultern, muskulöser Körper, dunkler Typ mit gelbem Ford Mustang und Gehfehler. Ich wollte den Gedanken nicht zulassen, wehrte mich mit aller Macht dagegen und sang krampfhaft bei einem Song, der im Autoradio lief, mit. Doch beim erneuten Blick in den Rückspiegel ließ sich die fixe Idee nicht mehr abschütteln: War das der Mann, den Carol gerammt hatte? Eigentlich wollte ich nach Hause fahren, aber ich wollte den Kerl loswerden und bog bei der nächsten Kreuzung scharf links ab, um vor einer Shoppingmall Halt zu machen. Der gelbe Flitzer war verschwunden. Erleichtert atmete ich aus und spazierte über den großen Parkplatz zur Eingangstür. Ich musste unter einer handfesten Paranoia leiden – anders war es nicht zu erklären, dass ich mehrfach unauffällig über die Schulter schaute, bevor ich durch das Glasportal eintrat. Aber da war nichts. Niemand verfolgte mich. Wenn das kein Grund für ausgiebiges Frustshoppen war, wusste ich es auch nicht. Innerhalb einer Stunde war ich stolze Besitzerin neuer Schuhe (sandfarbene Riemchensandalen mit pinken und orangen Schnüren – brauchte ich nicht, kaufte ich trotzdem), dreier silberner Armreifen aus einem Modeschmuckladen, eines hellblauen Schminktäschchens und zweier Slips plus passendem BH. Meine Laune war wie ausgewechselt und ich grinste zufrieden. Na also, ging doch.

***

Paul und ich trafen uns abends zum Essen in unserem Stamm-Diner. Bei Burger, Pommes und Salat war alles endlich wieder wie immer. Der Spuk der vergangenen Tage hatte sich verflüchtigt. Er schien darüber mindestens genauso erleichtert zu sein wie ich und warf mir verliebte Blicke zu.

»Was hast du heute erlebt?«, fragte er und drückte unterm Tisch sein Knie an meines.

»Ich weiß nicht, ob du die Wahrheit verkraftest.« Ich lächelte süffisant und hob die Augenbrauen. »Könnte sein, dass du mich nicht mehr willst, wenn du von meiner Verschwendungssucht hörst.«

»Es ist doch deine Sache, was du ausgibst. Du arbeitest schließlich hart für dein Geld. Das hat nichts mit mir zu tun.« Auch wenn er recht hatte, fand ich sein humorloses Statement bescheuert. Aber vermutlich war ich zu empfindlich und suchte ständig nach einem Haar in der Suppe. »Na los, zähl deine Einkäufe auf«, bat er.

»Ach, lauter Frauenkram. Schuhe, Schmuck, eine kleine Tasche für Lipgloss und anderen Kleinkram und Dessous.«

»Dessous klingt gut, darf ich die nachher sehen?«

Ich spitzte vielsagend den Mund und nickte.

»Wie?«, fragte er überrascht. »Hast du die neuen Sachen direkt angezogen, ohne sie vorher zu waschen?«

»Nein, nein, keine Sorge, Baby«, antwortete ich und schüttelte fassungslos den Kopf. Wie konnte man nur dermaßen spießig sein? »Ich hätte den neuen Slip nachher im Bad angezogen, aber jetzt hast du die Überraschung versaut. Nicht, dass du noch von fiesen Killerviren angesteckt wirst.«

»Mensch, nun sei doch nicht gleich beleidigt. Ich freue mich wirklich auf den Anblick, der sich mir bieten wird. Du siehst absolut umwerfend aus, ob angezogen oder in Dessous. Am besten gefällst du mir allerdings splitterfasernackt.«

Ich lächelte geschmeichelt und dachte in Wahrheit an abblätternden Lack.

Meine Stimmungsschwankungen sind legendär. Ich kann innerhalb eines Abends von total gefrustet auf super aufgedreht wechseln – und das alles ohne Schauspiel. Im Restaurant ging Paul mir noch wahnsinnig auf die Nerven und ich fragte mich, welchen Sinn unsere Beziehung hatte, welches Ziel ich eigentlich verfolgte. Wenige Stunden später lag ich verschwitzt und glücklich in seinem Arm, nachdem wir es bei ihm zu Hause auf der Couch getrieben hatten.

»Ich bin heute bei diesen Millers gewesen«, sagte ich und spielte mit seinen Brusthaaren. Gott sei Dank hatte er nur wenige. »Aber Carol war nicht da.«

»Aha, wieso erzählst du das denn erst jetzt? Standst du vor verschlossener Tür?«

»Nein, Noah hat aufgemacht. Er meinte, sie sei für ein paar Tage verreist. Ihr Haus ist übrigens gar nicht so prächtig, wie ich es mir vorgestellt hatte. Eher langweilig.«

»Warst du drin?«

»Quatsch, ich habe nur ganz kurz mit ihm geredet und bin dann wieder gefahren. Er hat mir noch ihre Handynummer gegeben. Das war's.«

Mir war nicht danach, Paul meinen Eindruck über Noahs Gemütszustand zu verraten. Schon gar nicht musste er von den anderen Dingen wissen. Das ging ihn überhaupt nichts an. Er war schließlich derjenige, der auf »deins« und »meins« bestand. Wenn er sich schon bei Finanzen so anstellte, was hatte ihn dann zu interessieren, mit wem ich per WhatsApp schrieb? Oder an wessen knallgelben Mustang ich dachte?

4

Am nächsten Morgen musste ich erst in der dritten Schulstunde anfangen. Paul war bereits zur Arbeit aufgebrochen, als ich in seiner Wohnung aus dem Bett krabbelte und anschließend zu mir nach Hause aufbrach. Wir wohnten nur zehn Minuten voneinander entfernt, was das Pendeln leicht machte. Ich duschte lieber in meinem eigenen Bad und machte mich vor meinem Kleiderschrank fertig als woanders. Wahrscheinlich wurde ich von Jahr zu Jahr sonderbarer und würde als verschrobene, alleinstehende Alte enden, die jeden Kerl, der ihr Grundstück betritt, mit dem Krückstock vertreibt. Reizvolle Vorstellung.

Nur mit Handtüchern an Körper und Kopf bekleidet, setzte ich mich auf die Bettkante und schickte Carol kurzerhand einen Gruß per WhatsApp.

Hallo Carol! Wir haben uns am Wochenende auf Jennas Party kennengelernt (saßen am selben Tisch), und ich fand dich sehr nett. Klingt wie eine Anmache, haha, aber ich wollte eigentlich nur fragen, ob du mal Lust auf einen Kaffee oder so hast. Würde mich sehr freuen. Liebe Grüße, Britney

Einige Minuten lang starrte ich aufs Handy, um zu sehen, ob sie die Nachricht erhalten hatte, aber die beiden blauen Häkchen, die anzeigten, dass sie meine Worte gelesen hatte, erschienen nicht. Vielleicht war Carol zu beschäftigt, um ständig ihr Smartphone zu checken. Andererseits wusste ich von vielen Müttern meiner Schüler, dass sie das Handy ständig bei sich trugen, um ja nichts zu verpassen. Ihre Kinder könnten einen Unfall haben oder entführt worden sein, und dies war ihre letzte Möglichkeit, sich zu melden, oder sie teilten mit, dass sie heute gerne Pizza essen möchten. Solche Dinge dachten Mütter, und Carol dürfte eine von dieser Sorte sein. Andererseits – welche der überbesorgten Mütter würde mir nichts, dir nichts ihre Familie im Stich lassen, um eine Auszeit zu genießen? Das Verhalten passte nicht ins Bild der spießigen Kleinstadtmama, die ihr Leben in den Dienst der Familie stellte. Wobei ich mir nicht sicher war, ob Carol ihre Kinder mitgenommen hatte. Davon hatte Noah schließlich nichts gesagt. Ach was, wahrscheinlich war sie mit den lieben Kleinen ein paar Tage zu ihren Eltern verreist, um sich zu entspannen und die Großeltern mal machen zu lassen. In dem Fall gab es keinerlei Notwendigkeit, minütlich das Handy zu checken, denn sie hatte bestimmt Streit mit ihrem Mann und wollte in Ruhe gelassen werden. Alles völlig menschlich. Kein Grund, jede Kleinigkeit verdächtig zu finden. Irgendwann würde sie mir schon antworten. Außerdem musste ich endlich los.

***

Mein Kollege Tim und ich schlenderten über den Schulhof, um die Kids beim Körbewerfen zu beaufsichtigen. Unser Direktor hatte dies angeordnet, nachdem an drei aufeinanderfolgenden Monaten Prügeleien stattgefunden hatten. Teenager stritten sich wegen jedem Blödsinn und scheuten inzwischen auch nicht mehr davor zurück, heimlich Waffen in die Schule zu schmuggeln. Seitdem Norman (meine Klasse) David-Lee (Tims Klasse) die Fresse mit einem Schlagring poliert hatte, wie er es ausdrückte, mussten Tim und ich unsere Mittagspausen draußen statt in der gemütlichen Kantine verbringen, um die Streithähne voneinander zu trennen.

»Anstatt den beiden einfach einen Schulverweis für eine Woche zu erteilen, dürfen wir hier nun rumlatschen. Seit wann werden Lehrer dafür bestraft, wenn Schüler Mist bauen? Was für eine Ungerechtigkeit.«

»Seitdem Eltern die Lehrer ihrer armen Kinder verklagen dürfen, weil die eine Mathearbeit in den Sand gesetzt haben«, antwortete ich und spähte zum Maschendrahtzaun.

Der Basketball der Kinder rollte in unsere Richtung, und Tim lief einige Schritte nach vorn, um ihn zurückzukicken. Die Jungs johlten und pfiffen anerkennend.

»Den hat Mr. Griffin mir zugeschossen. Hau ab, du Arsch«, schnauzte David-Lee und meinte damit vermutlich Norman.

»Der Ball ist für euch alle, und wenn ihr euch nicht benehmt, heißt das Nachsitzen. Ist das klar?«, konterte Tim.

»Aber ich habe überhaupt nichts gemacht«, beschwerte sich Norman. »Ich kann nichts dafür, wenn dieser Asoziale mich immer provoziert!«

»Für Beleidigungen kassiert ihr ebenfalls eine Strafe.«

»Aber keine Detention! Wir beleidigen uns schließlich alle. Das wäre unfair«, mischte sich ein weiterer Rüpel ein.

Beim Thema Detention waren sie sich alle einig: Eine Schulstunde lang allein in einem Raum sitzen zu müssen, anstatt an den nachmittäglich stattfindenden AGs oder – noch schlimmer – an den Sportveranstaltungen teilnehmen zu können, war für sie der Albtraum schlechthin.

»Dann benehmt euch einfach, und verplempert eure Zeit nicht mit sinnlosen Streits«, empfahl ich und kassierte umgehend einige verächtliche Blicke der pubertierenden Meute. Als Frau hatte ich ihnen noch weniger zu sagen als ein männlicher Lehrer. Immerhin waren sie nicht so dumm, es auszusprechen. Zumindest nicht täglich.

Während des Zwischenfalls wanderte mein Blick immer wieder rüber zum Zaun, durch dessen Maschendraht man direkte Sicht auf die Straße hatte. Ich war mir nicht sicher, aber stand dort vorm Nagelstudio gegenüber nicht ein gelber Ford Mustang? Es konnte sich unmöglich um einen Zufall handeln, denn von diesen Autos gab es garantiert nicht innerhalb von zwei Tagen zwei Stück in einer Kleinstadt. Ich spähte angestrengt, konnte es aber nicht richtig erkennen. Ständig fuhren andere Wagen vorbei und versperrten die Sicht.

»Ist was?«, erkundigte sich Tim. »Warum starrst du ständig zur Straße?«

»Ach, nichts, schon gut. Kannst du mir einen Gefallen tun und hier allein weitermachen? Ich muss mal eben drinnen was checken.«

»Na klar. In zehn Minuten ist die Pause eh vorbei. Du brauchst dich nicht zu beeilen, ich komme mit den ...«, er flüsterte den Rest, »... asozialen Arschlöchern allein zurecht.«

»Danke, du bist ein Schatz. Das nächste Feierabendbier geht auf mich.«

Damit der Direktor mich nicht sah, nahm ich einen Umweg durch die naturwissenschaftlichen Fachräume in Kauf, um zu meinem Klassenraum zu gelangen. Ich schloss die Tür, um in Ruhe an meinem Schreibtisch googeln zu können. Doch die Suchbegriffe des Wagenfabrikats in Verbindung mit unserer Stadt

Fairmont spuckten keine brauchbaren Ergebnisse aus. Hm, wonach könnte ich noch suchen? Ich gab *Ford Mustang* und *Minnesota* ein, was schon ergiebiger war. Aber wie sollte ich die Stecknadel im Heuhaufen finden? Ob es etwas bringen würde, wenn ich das Kennzeichen des Fahrzeugs wüsste? Bedauerlicherweise herrschte seit Monaten Funkstille zwischen meiner ehemaligen Mitbewohnerin Melissa und mir – sie war Chief in Orlando und wäre bestimmt mit vertraulichen Polizeiinformationen rausgerückt, wenn ich sie ausgequetscht hätte. Aber so? Ich war mir fast sicher, dass sie sich auf ihre Verschwiegenheitspflicht berief, wenn ich nach so langer Zeit darum bitten würde. Dennoch sollte ich mir diese Möglichkeit für den Notfall aufsparen und nahm mir vor, Melissa am Abend eine harmlose Nachricht zu senden, in der ich mich scheinheilig nach ihrem Befinden erkundigen wollte.

Das Internet bot keine Hilfe. Ratlos schloss ich den Browser und bereitete die nächste Unterrichtsstunde vor.

***

Hatte ich mich doch nicht geirrt! Auf die weibliche Intuition ist eben Verlass. Der Typ verfolgte mich. Was sollte der Scheiß? Ich hatte wenige Minuten zuvor den Lehrerparkplatz verlassen und war nun dabei, vor einer Subway-Filiale anzuhalten, um mir ein Sandwich mit nach Hause zu nehmen, als ich den gelben Mustang zwei Autolängen hinter mir erkannte. Ganz bestimmt hätte er nicht rein zufällig ebenfalls Appetit auf ein Sandwich verspürt – er hatte es auf mich abgesehen. Aber nicht mit mir! Wir befanden uns auf einer viel befahrenen Straße, vor den Geschäften gingen Passanten. Mir konnte nichts passieren, er würde mich schon nicht mitten in der Stadt niederstrecken.

Entschlossen knallte ich die Tür meines schwarzen Toyotas zu und marschierte erhobenen Hauptes zum Wagen meines Verfolgers. Der stieg ebenfalls aus und kam mir humpelnd entgegen. Na, der hatte vielleicht Nerven! Er lächelte mir sogar kackfrech ins Gesicht.

»Hi!«, grüßte er freundlich, als ich mich aufgeregt atmend vor ihm aufbaute. Er war mindestens einen Kopf größer als ich, in meinem Alter und strahlte das typische Selbstbewusstsein erfolgreicher Menschen aus. »Alles okay mit Ihnen?«

»Das frage ich Sie!«, gab ich fordernd zurück. »Wenn ich mich nicht täusche, tauchen Sie neuerdings überall dort auf, wo ich auch bin. Hat das einen Grund?«

»Ja, hat es.« Mit einer verlegenen Geste fuhr er sich mit seiner Zunge kurz über die Lippen und wich meinem Blick aus. Mich ärgerte es, dass er attraktiv war. Nicht extrem attraktiv, aber überdurchschnittlich gut. Einem Mann, der aussah wie die jüngere Ausgabe von Matt Damon, traute niemand zu, eine unscheinbare Lehrerin zu stalken. Warum sollte so einer das tun? Das ergab keinen Sinn.

»Aha«, antwortete ich betont cool, obwohl ich mich unwohl fühlte. »Und welchen, wenn ich fragen darf?«

»Wir suchen dieselbe Person.«

5

Sein Name war Travis Mathewson. Er fragte mich, ob ich Lust auf einen Kaffee im *Starbucks* hätte, und natürlich stimmte ich zu. Ich war neugierig, was er von Carol wollte, dabei ahnte ich, dass er sie wegen des Unfalls zur Rede stellen wollte. Vor allem aber gefiel er mir. Meine Wut auf ihn war verpufft, sobald wir uns auf zwei schmalen Stühlen im Café gegenübersaßen. Ratlos schauten wir uns an und mussten plötzlich gleichzeitig lachen. Was genau war verwerflich daran, dass ein gut aussehender Mann im gelben Ford Mustang um meine Aufmerksamkeit buhlte? Rein gar nichts. Die anfängliche Bedrohung entpuppte sich als erfreulicher Kick fürs Ego. Wir flirteten, und ich war mir dessen vollkommen bewusst, als dass ich es als harmlose Plänkelei gegenüber Paul hätte rechtfertigen können. Auch Travis gab Vollgas. Seine Worte und

Gesten waren eindeutig, und ich genoss die Zuwendung. Dieser späte Nachmittag gehörte mir, eine kleine Auszeit von all den Grübeleien der vergangenen Tage.

»Was ist eigentlich mit deinem Bein passiert, wenn die Frage nicht indiskret ist? Hast du dich verletzt?« Ich musste es einfach wissen. »Oder bin ich jetzt in ein Fettnäpfchen getreten?«

Er schüttelte den Kopf. »Nein, gar nicht. Ist beim Sport passiert, nichts Wildes. Apropos Sport – kommen wir lieber wieder zu dir. Kannst du denn auch tanzen wie Britney Spears?«, fragte er, nachdem ich ihm kurz zuvor eine leise Kostprobe meiner gesanglichen Imitationstalente gegeben hatte. Seine Augen klebten förmlich an mir, während ich es mit dem Zungenrollen etwas übertrieb. Endlich zahlte sich das jahrelange Training aus.

»Natürlich kann ich das. Oder glaubst du, mich hätte man ohne die berühmten Moves aus all den Videos in Ruhe gelassen? Einen Salto bekomme ich allerdings nicht hin. Früher hat man mir ständig bauchfreie Tops geschenkt. Ach, mein Name ist Fluch und Segen zugleich.«

»Wie heißt noch mal der Song, in dem sie ganz in Weiß rumtanzt?«

»*Sometimes*. Die weißen Klamotten dazu liegen in meiner Britney-Spears-Gedächtnisschublade.«

»Wie witzig! So was hast du? Ziehst du denn die Sachen auch manchmal an oder liegen sie nur in der Schublade herum?«

»Klar, da hat sich im Laufe der Jahre einiges angesammelt. Oft trage ich die Klamotten natürlich nicht. Aber ab und zu gebe ich meinem Partner darin eine Privatvorführung.«

Oh, oh. Mir wurde heiß, meine Wangen glühten. Wenn ich nicht bald aufhörte, übertraten wir eine unsichtbare Grenze.

»Das würde mir auch sehr gefallen ...« Seine Finger wanderten zaghaft über den Tisch, ich räusperte mich und zog meine Hand zurück. Es ging nicht. Ich hatte einen Freund. Was wusste ich schon über diesen Travis?

»Gestern, als wir uns schon mal begegnet sind – wolltest du da auch zu den Millers?«, lenkte ich ab.

»Nein, wieso?«

»Hätte ja sein können. Ich hatte mein Glück bei Carol versucht, aber sie sei nicht zu Hause, erklärte mir Noah.«

»Ihr feiner Mann«, sagte er herablassend.

»Kennst du sie näher? Wir sind uns neulich zum ersten Mal auf einer Geburtstagsfeier begegnet. Carol kam mir wahnsinnig nett vor, und da ich hier noch keine richtige Freundin gefunden habe, um mal etwas gemeinsam zu unternehmen, wollte ich sie besuchen.«

Irrte ich mich oder wurde er blass, als ich die Feier erwähnte?

»Ja, wir kennen uns«, erklärte er steif. »Aber Carol kann auch anders. Na ja, ist nicht so wichtig. Lass uns das Thema wechseln.«

»Wie meinst du das? Sie kann auch anders?«, hakte ich nach.

»Dass sie nicht nur nett ist, sondern auch eine Seite hat, die du vermutlich nicht gesehen hast. Geht ja auch schlecht an einem einzigen Abend.« Sein Gesicht hellte sich auf und er schenkte mir ein warmes Lächeln. »Es ist halt nicht jede Frau solch ein Sonnenschein wie du.«

Verlegen blickte ich zur Seite und bemerkte aus dem Augenwinkel, dass Pauls Kollegin Jenna mit einer weiteren Frau das Lokal betrat. Mist. Andererseits, es war nichts dabei, einen Kaffee trinken zu gehen. Sie entdeckte uns sofort und kam erfreut an unseren Tisch.

»Hey, das ist ja ein Ding. Ich hatte Lucy eben erst von unserer Party erzählt. Lucy, schau, das ist Travis.« Diese nickte höflich und blieb einen Schritt hinter Jenna stehen, die Travis und mich mit Küsschen links, Küsschen rechts begrüßte. »Und das ist Britney, Pauls Freundin.«

An Lucys Gesichtsausdruck war abzulesen, dass sie keine Ahnung hatte, wer Paul war und dass es sie auch nicht interessierte. Sie schielte zur Theke und dachte darüber nach, welche der unzähligen Kaffeevarianten sie bestellen sollte.

»Hi«, echoten wir.

In meinem Kopf ratterte es. Würde Jenna gleich zurück ins Büro gehen und Paul brühwarm berichten, dass sie mich mit Travis im *Starbucks* getroffen hatte? Ob ich am besten vorgriff und ihm eine harmlose

Nachricht schicken sollte, in der ich ihm genau das mitteilte, was er sonst zuerst von seiner Kollegin erfuhr? Nein, Blödsinn, ich war ihm keine Rechenschaft schuldig. Ich hatte auch keine Ahnung, mit wem er sich in seinen Pausenzeiten traf. Und hatte er nicht selbst diese angeblich gute Freundin, mit der er regelmäßig Squash spielte? Wie ich es auch drehte und wendete: Unsere unverbindliche Beziehung ging mir auf die Nerven, doch irgendwann war ich es auch leid, immer die Bittstellerin zu sein. Es gab genügend Männer, die an mir Interesse hatten. Wozu sollte ich mich kleiner machen, als ich war? Absolut unnötig.

»Wie geht es deinem Bein?«, erkundigte sich Jenna und schaute mitleidig auf Travis, der im Sitzen sein rechtes, angeblich sportverletztes Bein nach vorn ausstreckte. »Das ist mir irgendwie immer noch peinlich. Wenn man nur endlich rausbekäme, wer das Arschloch war.«

Ich zog die Augenbrauen leicht hoch und schaute meinem Gegenüber neugierig ins Gesicht, doch der schlug die Augen nieder und wiegelte ab. »Du kannst nun wirklich nichts dafür, Jenna. Tut nur noch ein bisschen weh, ist wirklich nicht der Rede wert. Ich habe das Thema abgehakt.« Mit aufgesetztem Lächeln blickte er zu Jenna hoch und gab ihr zu verstehen, dass er kein Wort mehr über die Sache verlieren wollte.

Ich verstand. Er hatte mich angelogen, diese Situation war für alle Beteiligten peinlich. Jennas Lachen war genauso unecht wie seines.

»Okay, dann macht's mal gut. Ich wünsche ich euch noch einen schönen Tag. Man sieht sich.«

»Wünsche ich euch auch. Ich muss jetzt sowieso los«, beeilte ich mich zu sagen und sprang auf.

Das war alles total verrückt. Mein Instinkt hatte mich nicht getrogen: Carol hatte Travis angefahren. Sein Humpeln resultierte daraus – und nicht aus einer Sportverletzung. Außerdem deckte er Carol. Ich hatte keine Lust auf diese merkwürdige Geschichte und verabschiedete mich. Travis reagierte überrumpelt und versuchte, mich vom überstürzten Aufbruch abzuhalten, doch ich eilte mit großen Schritten zur Tür hinaus.

***

Am Terrassenfenster hinterließen Regentropfen ihre Spuren. Nachdenklich schaute ich von meiner Couch aus in die Dunkelheit und ignorierte den Vibrationsalarm des Handys. Bestimmt versuchte Paul, mich zu erreichen. Oder meine Mutter. Auf beide hatte ich momentan keine Lust. Meine Gedanken kreisten um Travis, der mir einfach nicht aus dem Kopf ging. Ich war kein Teenager mehr und brauchte mir nichts vorzumachen: Es hatte mich erwischt, und zwar so richtig. Eigentlich sollte ich aus dem ganzen Bad-Boy-Quatsch der Vergangenheit gelernt haben. Einen weiteren Mistkerl brauchte ich nun wirklich nicht mehr. Doch wir Frauen verlieben uns ja grundsätzlich in die Arschlöcher. Und Travis war ein Arschloch; immerhin hatte er mir rotzfrech ins Gesicht gelogen. Nein, um Typen wie ihn sollte man einen großen Bogen machen. Er verdrehte mir viel zu schnell den Kopf. Das war nicht gut.

Das Smartphone meldete schon wieder eine Nachricht. Genervt beugte ich mich vor, um es vom Tisch zu greifen. Ach, das war ja gar nicht Paul, das war endlich eine Antwort von Carol! Mit klopfendem Herzen las ich ihre Nachricht.

Hi Britney, wie lieb von dir! Total klasse, von dir zu hören, ich fand dich nämlich auch sehr nett (und verstehe das nicht als Anmache). Kaffee klingt super, bin allerdings für einige Tage verreist. Wann passt es dir nächste Woche? Vielleicht Samstagabend? Dann hätte ich sicher jemanden für die Kinder und muss mir darüber keine Gedanken machen. Freitagabend ginge auch problemlos. Liebe Grüße, Carol

Sie war also doch okay. So klang keine hinterhältige Unfallflüchtige mit schlechtem Gewissen. So klang eine ganz normale und sympathische Frau. Rasch antwortete ich ihr.

Toll! Samstagabend passt bei mir. Willst du zu mir kommen, oder wollen wir uns irgendwo treffen? B.

Um 20 Uhr im Nathan's? Kennst du den Laden? Da kann man auch eine Kleinigkeit essen, ist gleichzeitig eine Bar. Ganz nett dort. Der einzig brauchbare Club in Fairmont. C.

Super Idee, so machen wir das. Bis dahin, ich freu mich. LG Britney

Nachdem Carol mit einem Daumen-Smiley unser Date besiegelt hatte, schaltete ich den Fernseher ein und ließ mich von einer Netflix-Serie berieseln. Ich wollte lieber nicht darüber nachdenken, in welche Dummheit ich mich begeben könnte. Besser war es, ich konzentrierte mich auf meinen Job, meinen Freund und einen lustigen Mädelsabend in anderthalb Wochen.

6

Man sollte nicht stalken, das ist primitiv. Wer sein eigenes Leben mit genügend Inhalt füllt, hat es nicht nötig, anderen Leuten hinterherzuspionieren. Unwürdig, asozial, primitiv. So was erzählte ich meinen Schülern. Tja, zum Vorbild taugte ich offenbar nicht, denn ich war schon wieder mit Internetrecherchen beschäftigt. Laut den Suchmaschinen im Internet war Travis Mathewson neununddreißig Jahre alt, mindestens einmal verheiratet gewesen und Vater von mindestens zwei Töchtern. Vielleicht handelte es sich auch um seine Nichten – ich konnte das nicht richtig ausloten. Facebook, Instagram, Xing, YouTube ... Ich durchforstete alles, was das Internet hergab. Jobs hatte Travis schon unzählige gehabt: vom Roadie auf Rockkonzerten über Managerposten in Fast-Food-Restaurants bis hin zur selbstständigen Maklertätigkeit war alles dabei. Seine Wohnorte zogen sich quer durchs Land, wobei er meistens im Osten und im Süden der USA gelebt hatte. Nahm ich zumindest an, denn dass ein Haufen Angaben fehlte, war anzunehmen. Eines stand fest: Er war rastlos, hatte viele Frauen verschlissen und schon mal Probleme mit der Justiz bekommen.

Auffallend häufig besuchte er Musicals und bewertete die Besuche hinterher auf Ticketplattformen und auf den Fanseiten bei Facebook. Ob *Disney's Alladin*, *Cats*, *Wicked*, *Phantom of the Opera* und noch viele mehr – Travis schien ein Fan zu sein. Ich hatte bisher nur einmal privat ein Musical besucht, ansonsten im Rahmen von Schulveranstaltungen. Aber das war was anderes. Mit meinem Exfreund Kyle hatte ich mir *Miss Saigon* angesehen. Mir hatte es gefallen, doch er hatte nur rumgemosert. Langweilig, kitschig, ätzende Musik, so sein Urteil. Wie sehr wünschte ich mir einen Partner, mit dem ich mal etwas Kultur genießen konnte. Es musste ja nicht gleich die Oper sein. Von der hatte ich sowieso keine Ahnung. Bei Paul hatte ich zu Beginn unserer Beziehung einen kleinen Vorstoß gewagt. Scheinbar beiläufig erkundigte ich mich, wie es um sein Interesse für Musicals bestellt war. Doch er reagierte wenig begeistert, sodass ich das Thema fallen ließ. Wahrscheinlich war es dumm von mir gewesen, ihm trotzdem zum Geburtstag Tickets für *Miss Saigon* zu schenken. Rückblickend betrachtet sogar egoistisch. Dennoch hätte Paul zumindest zwei Stunden lang so tun können, als würde er Spaß haben. Frauen machen das schließlich auch ständig. Männer jedoch lassen ihre Gefühle ungefiltert raus.

Kurz entschlossen rief ich Paul an. Vielleicht tat ich ihm unrecht, und er war gar nicht der langweilige Egoist, zu dem ich ihn gedanklich degradierte.

»Hey, hast du Lust, nächsten Monat mit mir *Finding Neverland* anzusehen?«, fragte ich ihn fröhlich.

»Hm, weiß nicht«, brummte er und machte sich noch nicht mal die Mühe, echtes Interesse zu heucheln. »Das ist doch ein Musical, oder?«

»Ja. Sogar mit Gary Barlow in einer Hauptrolle.«

»Gary wer?«

»Gary Barlow. Von *Take That*.«

Angewidert hakte er nach: »Der britischen Boyband? Und das soll ich gut finden? Du hast eine merkwürdige Art, mich zu etwas überreden zu wollen, auf das ich so gar nicht stehe.«

»Mit welchen Argumenten könnte ich dich denn überzeugen? Du würdest mir eine Riesenfreude machen, mich zu begleiten«, gurrte ich und fragte mich im selben Moment, ob ich noch alle Tassen im Schrank hatte, mich dermaßen anzubiedern.

»Ach, Honey, ehrlich gesagt ist es sinnvoller, du guckst dir diesen Peter-Pan-Quatsch mit deinen Schülern an. Oder du gehst mit einer Freundin hin. Mit mir wäre es eh kein Spaß, und ich würde dir den Abend versauen. Mir sowieso.«

»Alles klar.«

Beleidigt beendete ich das Gespräch. Dann eben nicht. Trotzig googelte ich zur Ablenkung weiter nach

Travis und wurde schnell mit spannenden Infos fündig. In den Tiefen des Netzes entdeckte ich einen Mugshot, was im ersten Moment fast einen Herzstillstand bei mir auslöste. Nach einigen Minuten beruhigte ich mich jedoch ein bisschen, denn der Grund für das Fahndungsfoto war die Nichteinhaltung einer Geschwindigkeitsbegrenzung gewesen. In den Everglades hatte er vor einigen Jahren offenbar wiederholt auf dem Wasser zu viel Gas gegeben und damit die unter Naturschutz stehenden Seekühe gestört. Na ja, das fand ich jetzt nicht so wahnsinnig schlimm. Abgesehen davon sah er selbst auf dem Mugshot jungenhaft und sympathisch aus. Wirklich nicht wie ein Schwerbrecher. Ich konnte beruhigt sein und wollte ihn schließlich nicht heiraten. Nur ein bisschen Spaß haben und mal gucken, ob ich eine andere Begleitung fürs Musical fand. Doch ich wagte nicht, mich bei ihm zu melden.

***

Zwei Tage später nahm Travis mir die Entscheidung ab und fragte per Textnachricht nach einem Date. Na also, ging doch. Paul war schließlich selbst schuld. Er gab sich keine Mühe, dabei sollte ein Mann sich anstrengen, um das Herz einer Frau zu erobern. Okay, so sehr gab Travis nun auch nicht Gas, dass ich mir wie im Märchen vorkam. Aber es schmeichelte mir, und ich fühlte mich begehrt. Pauls mangelnde Bereitschaft, auf meine Bedürfnisse einzugehen, enttäuschte und frustrierte mich. Ich redete mir ein, jedes Recht der Welt auf Zuwendung zu haben.

Es war erstaunlich einfach gewesen, Travis zu daten. Seitensprünge waren in meiner DNA nicht vorgesehen, hatte ich bisher angenommen. Ich handelte bei solchen Dingen nicht aus dem Bauch heraus, sondern schaltete das Hirn ein. Erst Schluss machen, dann der Neue. So war es zumindest bislang gewesen. Doch jetzt lief es wie von selbst. Wie selbstverständlich legte er seinen Arm um meine Schultern und zog mich sanft an sich, während wir am Lake Hall entlangspazierten. Die Luft war kühl und frisch, erste Blätter fielen von den Bäumen, die das Ufer säumten. Bis auf zwei oder drei Angler schienen wir an diesem Herbstnachmittag den See für uns allein zu haben.

»Schön hier, nicht?«, fragte Travis. »Ich liebe den Herbst.«

»Ich auch. Natürlich ist es großartig, wenn ständig die Sonne scheint. Man merkt den Menschen im Sunshine State an, dass sie anders drauf sind als hier im Norden. Aber ich möchte auch mal melancholisch sein können. Das funktioniert in Florida nicht. Gute Laune gehört dort zum Pflichtprogramm.«

»Und stell dir mal vor, in diesem Moment würde uns die Sonne brutal auf den Pelz brennen. Dann könnte ich dich jetzt gar nicht gegen die Bank schieben und küssen ...« Mit sanftem Druck bugsierte er mich zu einer Parkbank und legte seine Lippen auf meine. Ich ließ mich fallen und genoss den wohligen Schauer, der sich über meinen Körper zog. Es war zu gut, um damit aufzuhören. Um das schlechte Gewissen könnte ich mich später kümmern.

Wir knutschten eine Viertelstunde lang herum, und ich bedauerte nun doch, in langärmeligen Jeans und Sweatshirts zu stecken, anstatt mich halb nackt mit ihm an einem Sandstrand zu wälzen. Travis wusste genau, was er tat. Jeder Handgriff saß. Wäre ich nicht so verrückt nach seinen Berührungen gewesen, hätte ich mich danach erkundigt, wie viele Frauen er bereits um den Verstand gebracht hatte. Ich tippte auf Hundertschaften. Es war ja nicht so, dass ich noch keine Erfahrungen gesammelt hatte, aber das hier war anders ... Meine Gedanken wanderten ab, ich konnte mich nicht mehr auf die Küsse konzentrieren, sondern dachte an Jennas Geburtstag.

»Hattest du eigentlich auch was mit Carol?«, platzte es aus mir heraus. Diese Frage brannte mir auf den Nägeln, doch ich ärgerte mich auf der Stelle über mein loses Mundwerk, denn er rückte von mir ab und verschränkte beleidigt die Arme. Streitsüchtig musterte er mich.

»Wie kommst du denn jetzt da drauf?«

»Entschuldige, das geht mich nichts an.« Ich biss mir auf die Unterlippe und trat einen Schritt zurück. »Wollen wir weitergehen? Vergiss, was ich gesagt habe.«

»Hm. Okay. Aber pass gut auf, ich wiederhole mich nämlich nur ungern: Fragen zu meinem Privatleben kann ich nicht ausstehen. Ich mische mich schließlich auch nicht in deine Beziehungsprobleme ein.«

»Woher willst du wissen, ob ich Beziehungsprobleme habe?«, konterte ich und wurde nun doch etwas sauer. Hatte der einen Schaden? Wie redete der überhaupt mit mir? Das ging einfach gar nicht.

»Wärst du sonst mit mir hier? Frauen ticken halt anders als Männer. Wenn ihr in einer glücklichen Beziehung steckt, würdet ihr garantiert nicht fremdgehen. Bei uns ist das simpel. Ich zum Beispiel liebe meine Frau, aber wir haben keinen Sex mehr. Den hole ich mir deshalb woanders. Das könntest du bestimmt nicht voneinander trennen, oder?«

Fassungslos starrte ich ihn an. »Nicht dein Ernst. Du bist verheiratet? Und deine Frau weiß, dass du sie betrügst?«

»So weit geht es mit der Ehrlichkeit dann doch nicht«, antwortete er lachend und setzte sich entspannt in Bewegung. »Ich ziehe mein Ding durch und sie ihres. Wir sind ein eingespieltes Team, und sie wusste bei der Hochzeit genau, dass sie mich nie ganz allein haben würde. Das ist der Deal. Hat aber nichts mit uns zu tun, Süße.«

Seine Stimmungen wechselten offensichtlich ständig. Zuerst leidenschaftliche Küsse und zärtliches Umgarnen, dann Streitlust und nun vollkommen relaxt, als wäre nichts gewesen. Ich lief neben ihm her und schimpfte auf ihn ein wie ein Rohrspatz.

»Wie kannst du so was machen? Hast du gar kein Gewissen? Wozu heiratet man, wenn man Geheimnisse voreinander hat? Treue ist wohl nur was für Spießer!«

»Treue ist was für Menschen ohne Fantasie. Oder fandst du das eben nicht geil? Macht dich das nicht an? Davon kannst du heute Nacht träumen. Und beim nächsten Mal geht es dann richtig ab.« Er knuffte mich mit dem Arm in die Seite.

Wütend blieb ich stehen. Wie konnte ich nur so dumm gewesen sein? »Fass mich nicht an! Ich glaube, es hackt! Lass mich bitte zukünftig in Ruhe. Ich gehe jetzt und möchte nie wieder was mit dir zu tun haben.«

Tränen stiegen mir in die Augen. Wut, Scham und Angst vermischten sich, und ich musste mich bemühen, nicht laut loszuheulen, als ich mich umdrehte und schnell davonlief. Nur weg von dem Kerl, weg von dieser Peinlichkeit. Und beten, dass Paul nie etwas davon erfuhr.

***

Das Lügen fiel mir leicht. Zwar hatte Jenna Paul bei der Arbeit brühwarm unter die Nase gerieben, dass sie Travis und mich im Starbucks getroffen hatte, doch ich reagierte so gelassen darauf, als würde ich jede Woche mit irgendeinem Mann einen Kaffee trinken gehen. Paul betrachtete das augenscheinlich sogar positiv. Vielleicht damit auch er einen dauerhaften Freifahrtschein für Treffen mit anderen Frauen hatte – mir war es egal. Aus Männern konnte man einfach nicht schlau werden. Von Eifersucht war bei ihm jedenfalls weit und breit keine Spur. Die Angelegenheit hatte somit quasi gar nicht stattgefunden; ich musste es mir nur lang genug einreden, dann glaubte ich es mir selbst. Jeder Mensch machte Fehler, ich hatte nichts Schlimmes getan. Außerdem musste ich zugeben, dass mir das prickelnde Gefühl verdammt gut gefallen hatte. Die blödsinnigen Äußerungen eines verheirateten Lügners verdrängte ich gekonnt. Das Thema war erledigt.

7

Katastrophen geschehen nie dann, wenn man mit ihnen rechnet. Man stürzt nicht von der Leiter und bricht sich beide Beine, wenn man im Vorfeld davor Angst hatte. Schlaganfälle kommen aus heiterem Himmel, Verkehrsunfälle passieren, wenn der Airbag kaputt ist, und Kinder knallen mit dem Kopf aufs Straßenpflaster, wenn sie ausnahmsweise keinen Fahrradhelm tragen. Genauso war es an dem Tag, als bei meinem Schüler Vito die Sicherungen durchbrannten.

In den vorangegangenen Tagen hatte ich ständig auf ihn geachtet, um mir ein umfassendes Bild zu machen, bevor ich seine Eltern um ein Gespräch bat. Ich wollte sicher sein, dass mich meine Wahrnehmung nicht trog. Kam er Ava wirklich zu nah, wenn er seinen Spind zur gleichen Zeit wie sie öffnete, oder hatte ich schon die Sichtweise der Schüler übernommen und sah Gespenster, wo keine waren? Roch er unangenehm nach Schweiß und man hätte das Problem durch einen dezenten Hinweis beheben können? Oder war das nur ausgedacht, um ihn weiter zu denunzieren? Ich war noch zu keinem Schluss gekommen, außer der Gewissheit, dass Vito ein Mobbingopfer war und ich dringend eingreifen musste.

Die Kids waren ausnahmsweise bei der Sache und lasen in den Arbeitsblättern, die ich zu Beginn der Stunde verteilen ließ. Mit gesenkten Köpfen studierten sie ihre Aufgaben, niemand quatschte oder daddelte heimlich mit dem Handy. Jedenfalls nicht so, dass ich es mitbekam. Ich bereitete mich auf die nächste Lektion vor, machte mir Notizen und schaute hin und wieder in die Runde. Alles unauffällig.

»Hey, du Opfer, glotz mich nicht so notgeil an.«

Avas wütender Ausruf durchbrach die trügerische Stille. Zu früh gefreut. Ich seufzte und bat Ava, die das Zeug zur Dramaqueen hatte, ihre Wortwahl zu mäßigen.

»Wenn der mich bescheuert anstarrt, kann ich mich nicht konzentrieren.«

Mir war klar, wen sie meinte, doch ich versuchte, den Druck rauszunehmen, indem ich Vito weder anschaute noch seinen Namen nannte.

»Beschäftigt euch einfach alle wieder mit euren Aufgaben«, riet ich. »In zehn Minuten besprechen wir dann den Text.«

Norman mischte sich ein. Wütend rief er durch den Klassenraum: »Es ist sexuelle Belästigung, wenn der hässliche Typ ständig unsere Mädchen anmacht. Wieso darf Ava sich nicht dagegen wehren? Sie sagen doch selbst immer, dass man seinen Mund gegen Ungerechtigkeiten aufmachen soll!«

»Genau«, stimmten ihm einige Jungs und Mädchen zu. »Das ist voll unfair.«

»Manchmal habe ich sogar Albträume davon«, meinte Ava.

Ich wagte einen Blick zu Vito, dessen Gesicht knallrot angelaufen war und seltsam verzerrt wirkte. Während ich noch überlegte, wie ich die lauter werdende Meute beruhigen sollte, ohne ihren durchaus berechtigten Einwand der freien Meinungsäußerung außer Acht zu lassen, entglitt mir die Situation in Sekundenschnelle. Die Schüler waren außer sich vor Wut.

»Der soll sich verpissen!«

»Er hat hier nichts zu suchen, der gehört in eine Irrenanstalt!«

»Das ist ein Perverser!«

»Ruhe!«, brüllte ich. »Hört sofort auf!«

Doch es war zu spät. Plötzlich stand Vito auf der anderen Seite des Klassenraums, direkt vor dem Whiteboard neben der Tür. Ich hatte ihn nicht dorthin gehen sehen, die Schüler offensichtlich auch nicht. Sie starrten ihn genauso erschrocken an wie ich. Er war mit einem grauen Hoodie und einer schwarzen Jeans bekleidet und riss den rechten Arm hoch. Mit der linken Hand zog er die Kapuze über seine blonden, kurzen Haare und warf den Kopf nach hinten, als weiche er einer Wespe oder Biene aus. Vielleicht erlitt er einen epileptischen Anfall oder so was in der Art ... Ich konnte mir keinen Reim auf seine merkwürdigen Zuckungen machen.

»Vito, wollen wir eben kurz vor die Tür gehen?«, fragte ich laut, um das Stimmengewirr der anderen zu übertönen. »Bist du in Ordnung?«

»Jetzt sehen Sie mal, wie asozial der ist«, rief ein Junge. »Da kriegt man ja Angst!«

Mit einer blitzschnellen Bewegung griff Vito in die Kapuzentasche seiner Sweatjacke und zog einen Revolver heraus. Die Pistolenmündung zeigte in die Richtung, in der Ava saß, ganz hinten in der letzten Reihe. Die Klasse schrie auf.

»Aaaah!«

»Hilfe!«

Instinktiv trat ich einen Schritt nach hinten, schluckte hart und atmete tief durch. »Vito, beruhige dich bitte. Nimm die Waffe runter.«

Die Schreie waren verstummt, niemand sagte mehr einen Mucks. Nur Vito schien der Einzige im Raum zu sein, der noch atmete. Die Pistole immer noch in Avas Richtung gezielt, wurden seine Augen zu Schlitzen. Ich wagte nicht, von ihm wegzuschauen. Wusste nicht, ob es wirklich das Mädchen war, auf das er zielte. Vielleicht wollte er auch Max treffen, der ebenfalls hinten saß und vorhin blöde Kommentare losgelassen hatte.

»Seid still. Seid alle still!«, rief Vito. »Ihr sollt still sein!«

Dabei war es absolut still. Niemand sagte ein Wort, niemand wagte, sich zu bewegen oder einen Mucks von sich zu geben. Ich war die Lehrerin, verdammt, ich musste mich darum kümmern.

»Bitte leg die Waffe runter, Vito. Ich werde dir helfen, das verspreche ich dir. Keiner sagt was, wir sind alle still, Ehrenwort.«

Er sah mich nicht an, sondern stierte weiter quer durch den Raum. Der gespenstische Eindruck war unwirklich. Normalerweise passierte so was an anderen Schulen. Nicht hier bei mir, in meinem Unterricht. Meine Klasse wurde bedroht. Befand ich mich mitten in einem Amoklauf? Warum fürchtete ich mich nicht richtig? Vielleicht konnte ich mir nicht vorstellen, dass Vito Seyfried, der in den Pausen klein geschnittenes Gemüse aus Tupperware-Dosen knabberte und dazu Kakao durch einen Strohhalm trank, tatsächlich schießen würde. Er war doch noch ein Kind!

»Ich komme jetzt zu dir, Vito, okay?«, fragte ich behutsam. »Keine Angst. Ich möchte nur, dass du mir die Pistole gibst.«

Er antwortete nicht, doch ich registrierte seine nachlassende Körperspannung. Oder bildete ich mir das nur ein, weil ich es sehen wollte? Sackte er in sich zusammen, oder machte er sich bereit, um uns alle abzuknallen? Einen vorsichtigen Schritt nach dem nächsten ging ich zu ihm. Binnen weniger Sekunden stand ich vor ihm, spürte, wie die Kinder hinter mir den Atem anhielten. Ein Mädchen begann, leise zu schluchzen. Angestrengt wich Vito meinem Blick weiterhin aus, seine Waffe stur an mir vorbeigerichtet.

»Magst du sie mir in die Hand legen?«, sagte ich leise.

Er antwortete nicht. Ich musste es weiter probieren.

»Ich verstehe, dass du sauer bist. Wir finden eine Lösung. Aber das hier ist nicht die richtige Lösung; damit machst du alles nur noch viel schlimmer.«

»Die hassen mich«, spuckt er die Worte aus. Leise, nur für mich bestimmt, aber der ein oder andere hatte bestimmt auch was gehört. »Die hassen mich alle.« Seine Stimme kippte, als würde er gleich in Tränen ausbrechen. Ich musste ihn davon abhalten, denn Tränen wären ihm mit Sicherheit peinlich, was wiederum zu einer Kettenreaktion führen könnte.

»Nein, Vito, ganz bestimmt nicht. Sie schaukeln sich gegenseitig hoch. Es sind einige, die sich danebenbenehmen, aber nicht alle. Ich sorge dafür, dass du deine Ruhe haben wirst.«

»Wenn diese blöde Kuh nicht ständig lügen würde, wäre es nicht so schlimm geworden. Ich habe gar nichts gemacht.«

Er sprach so leise, dass ich ihn kaum verstand. Ich rückte noch näher an ihn ran, sodass meine Schulter beinah seine Pistole touchierte. Mit der blöden Kuh meinte er wohl Ava.

»Du hast recht. Solche Lügen sind gemein. Du bist verletzt, was ich absolut verstehe. Aber mach jetzt keinen Scheiß, und gib mir die Waffe, Vito. Ich box dich hier raus, soweit es in meiner Macht steht. In Ordnung? Und danach kümmere ich mich mit aller Kraft darum, dass das Mobbing aufhört. Du hast mein Wort. Okay? Gib mir die Pistole.«

Zaghaft drehte er sein Gesicht zu mir. Sein kindlicher Blick traf mich bis ins Mark, am liebsten hätte ich den Jungen fest an mich gedrückt. Mit den Lippen formte ich ein »Danke« und hielt die Hand auf, ohne hinzusehen. Ich hatte bisher erst zu sehr wenigen Gelegenheiten ein Gewehr oder einen Revolver festgehalten und kannte mich mit Waffen überhaupt nicht aus. Doch ich vertraute darauf, mit dem Ding umgehen zu können, ohne dass es sich entlud.

Vito legte mir die Pistole in die Hand, senkte den Kopf und zitterte. Ich wusste nicht recht, wohin ich das Teil packen sollte, also umklammerte ich es fest mit der Rechten und legte meinen linken Arm schützend um Vitos Schultern.

»Komm.« Ich führte ihn zu meinem Schreibtisch und schob ihn sanft auf meinen Stuhl.

»Alter ...«, zischte Norman empört. »Jetzt sollen wir noch Mitleid mit dem haben oder was?«

»Noch einen weiteren Ton, Norman, und du erlebst dein blaues Wunder!«, drohte ich mit scharfer Stimme.

Ich überlegte fieberhaft, was ich als Nächstes tun sollte. Trug Vito noch weitere Waffen mit sich herum? Was sollte ich mit der Pistole anfangen? Im Film wäre die Sache klar: Ich würde die Waffe auf Vito richten und ihn ruhigstellen, bis die Polizei eintraf. Die Polizei? Ich musste sie rufen, daran führte kein Weg vorbei. Auch wenn er uns alle hätte umbringen können, tat mir mein Schüler unglaublich leid. Die Erkenntnis, stärker mit dem Täter als mit dem Rest der Klasse zu sympathisieren, erschreckte mich. Ich hatte im Vorfeld versagt, möglicherweise den Ernst der Lage verkannt, indem ich Vito in seinem Plan unbewusst verstärkt hatte. Er hatte eine Waffe in die Schule geschmuggelt. Das war kein Schrei nach Liebe, sondern eine Straftat.

»So, jetzt müssen wir den offiziellen Weg gehen«, erklärte ich bestimmt. »Anders geht es nicht. Ihr seid still, und zwar ausnahmslos.«

Streng schaute ich Vito an, der zusammengesunken auf meinem Stuhl kauerte. Sein Gesicht hatte er bis zur Nase in seinem Hoodie vergraben, die Arme um den Körper geschlungen. Die Beine presste er fest aneinander. Es schien, als wolle er sich unsichtbar machen. Auch die Schüler bedachte ich mit einem autoritären Blick und griff dann mit der freien Hand nach hinten, um nach meiner Handtasche zu greifen, in der sich mein Smartphone befand.

Auf einmal riss jemand die Tür auf, und zwei Polizisten stürmten herein. Die Cops hielten ihre großen Pistolen ausgestreckt vor sich, einer brüllte: »Polizei, keine Bewegung!«

Oh Gott, wo kamen die denn her? Hilflos reckte ich die Hand, in der ich Vitos Waffe immer noch umklammert hielt, nach vorn. »Es ist schon alles okay. Ich habe die Pistole.«

Einer der beiden männlichen Polizisten entspannte sich und steckte seine Pistole ins Halfter. Mit einer Kopfbewegung wies ich unauffällig zu Vito.

»Woher wissen Sie …?«

»Ich habe einen Hilferuf rausgeschickt«, unterbrach mich Letitia-Ann. »Per WhatsApp an meine Mutter und per SMS an die Notfallnummer, die da hinterlegt ist.«

»Das hast du genau richtig gemacht«, lobte ein Polizist.

Bevor ich Letitia-Ann anschauen konnte, kamen weitere Cops ins Klassenzimmer gerannt. Oh mein Gott. Mir wurde die Tragweite des Geschehens bewusst, und ich stützte mich hilfesuchend am Pult ab, weil mir plötzlich schwindelig wurde.

»Also, Ma'am, dann erklären Sie uns mal, was hier los ist«, bat mich eine Polizistin und griff sich Zettel und Stift.

***

Zwei Stunden später betrat ich mit Inspector Emily Shore die Schulkantine. Bis auf den Hausmeister waren wir beiden die einzig Verbliebenen in dem großen Raum, der normalerweise um diese Zeit voller Schüler und Lehrer war. Sie waren allesamt nach Hause geschickt worden, das Gebäude war evakuiert worden. Eine völlig übertriebene Maßnahme, wie ich fand, schließlich hatte man Vito längst mit aufs Polizeirevier genommen, wo er vermutlich auf seine entsetzten Eltern traf und in die Mangel genommen wurde.

»Auch einen Kaffee?«, fragte ich die circa vierzigjährige Polizistin, die mir noch ein paar Fragen stellen wollte. Reine Routinearbeit, wie sie sagte.

»Ja, bitte. Mit viel Milch.«

Ich ließ am Automaten zwei Becher mit Kaffee volllaufen und ging damit zu dem Tisch an der breiten Glasfront, den wir uns ausgesucht hatten.

»Danke«, sagte sie. »Mrs. Berenson, Sie sind bestimmt noch ganz schön aufgewühlt, was?«

»Allerdings«, gestand ich. »Das ist der Albtraum eines jeden Lehrers: ein Amokläufer im Unterricht. Wobei es ja kein richtiger Amoklauf war.«

Ich trank einen großen Schluck. Ah, das tat gut. Erleichtert lehnte ich mich zurück und lächelte die Polizistin fast entschuldigend an.

»Darf ich offen sein?«, fragte sie. »Gehört aber nicht zum Dienst, sondern ist eher privat.«

»Klar dürfen Sie das.«

»Sie scheinen sich für das Verhalten Ihres Schülers verantwortlich zu fühlen. Das sind Sie aber nicht. Vito Seyfried ist ein Täter, kein Opfer.«

Ich kaute auf meiner Unterlippe herum. »Noch hat er ja nichts Schlimmes angestellt. Klar, er hat die Pistole mitgebracht. Aber Sie hätten miterleben sollen, wie die Mitschüler ihn teilweise fertiggemacht haben. Ich habe Vito bisher wirklich nie aggressiv erlebt. Nur etwas sonderbar vielleicht. Er ist ein Einzelgänger, wissen Sie?«

Während ich die Worte aussprach, merkte ich, wie recht die Polizistin hatte. Ich sprang für Vito in die Bresche, obwohl er schreckliches Unheil über uns alle hätte bringen können. Verlegen erwiderte ich Inspector Shores Lächeln.

»Kein Grund, sich mies zu fühlen«, meinte sie. »Wenn alle Lehrer so engagiert wie Sie wären, könnten sich die Kids glücklich schätzen. Großartig, wie mutig Sie gehandelt haben! Dafür werden Sie bestimmt noch von offizieller Seite geehrt. Machen Sie sich auf heiße Tage gefasst.«

»Puh, meinen Sie, das greift die Presse auf?«

»Machen Sie Scherze? Natürlich wird sie das. Wenn wir gleich zur Tür rausgehen, wartet die Meute draußen bereits ungeduldig auf Sie.«

»Na, da bin ich ja froh, dass die Frisur sitzt.«

Wir lachten und unterhielten uns über Vito, bis wir unseren Kaffee getrunken hatten und aufstanden.

»War nett, danke, Mrs. Berenson, dass Sie sich noch die Zeit genommen haben.«

»Ist doch selbstverständlich. Ich bin froh, dass ich jetzt etwas ruhiger geworden bin. Vorhin flatterte ich vor Aufregung am ganzen Körper.«

»Das kenne ich«, seufzte sie. »Momentan ist in Fairmont innerhalb einer Woche mehr los als sonst in einem ganzen Jahr. Heute ein versuchter Amoklauf. Gestern auch etwas eher Außergewöhnliches, mit dem wir in unserer beschaulichen Kleinstadt selten bis nie zu tun haben ...«

»Echt? Was denn?«, fragte ich neugierig.

»Eigentlich darf ich nicht drüber sprechen, da zum Schutz des Opfers keine Pressemeldung rausgegangen ist. Aber ich denke, es geht ohnehin schon herum, weil die Geschädigte im hiesigen Krankenhaus behandelt wird und mit uns zusammenarbeiten will, um das miese Schwein zu finden.« Nach einer kurzen Pause fuhr sie fort: »Eine Vergewaltigung.«

»Oh Gott, wie schrecklich. Wo ist das denn passiert, wenn ich fragen darf? Ich habe ja immer Angst, allein in Parks zu gehen oder so was.« Oder an den Lake Hall, fügte ich gedanklich hinterher.

»Tja, so war es allerdings nicht. Ich weiß genau, was Sie meinen, denn selbst als Polizistin bin ich vor der Angst, beim Joggen überwältigt zu werden, nicht gefeit. Das kennt wohl jede Frau. Aber wo und wann fühlen wir uns am sichersten? Was meinen Sie?«

Ich dachte einige Sekunden nach. »Am sichersten fühle ich mich in meinen eigenen vier Wänden.«

Sie nickte. »So ging es unserem Opfer – einer netten, jungen Frau – wahrscheinlich auch. Aber weit gefehlt. Der Täter drang maskiert in das Haus der Alleinstehenden ein, fesselte sie und flößte ihr zwangsweise K.-o.-Tropfen ein. Anschließend vergewaltigte er sie.«

»Ach du Schande. Und sie kannte ihn nicht?«

»Nein, sie kann auch kaum Angaben zu seinem Erscheinungsbild machen, weil alles rasend schnell vonstattenging. Sein Kopf war von der Maske bedeckt, gesprochen hat er kein Wort. Die Frau war innerhalb weniger Minuten betäubt.«

»Unfassbar. Und wie ermittelt man dann? Anhand von DNA-Spuren und Fingerabdrücken?«

»Zum Beispiel. Allerdings trug er Handschuhe. Na ja, einen brauchbaren Hinweis haben wir vielleicht doch. Das Einzige, woran sich das Opfer erinnern kann, ist, dass der Täter einen auffälligen Gang hatte.«

»Gang? Wie meinen Sie das?«

»Er lief ungewöhnlich. Vielleicht trägt er eine Beinprothese oder so was.«

8

Es stürmte und war ungemütlich, als Carol und ich uns vorm Eingang des Clubs trafen. Lachend hielten wir unsere Mäntel vorm Bauch fest, damit sie uns nicht wegwehten, und begrüßten uns mit einer hastigen Umarmung.

»Was für ein Mistwetter! Lass uns reingehen. Ich brauche unbedingt etwas Aufheiterung«, sagte sie und rollte mit den Augen.

»Oh ja, ich auch. Ich bin so froh, dass endlich Wochenende ist. Meine Schüler waren heute ungenießbar.« Ich hatte mich dafür entschieden, niemandem über den Vorfall mit Vito zu berichten, sofern ich nicht konkret darauf angesprochen wurde. Vielleicht hatte ich Glück, und die Angelegenheit wurde als Bagatelle eingestuft. Vito war nicht der einzige amerikanische Jugendliche mit einer Waffe. Leider nicht.

»Glaub ich dir. Ich bewundere jeden Lehrer um seine Geduld. Ich könnte ja schon meinen eigenen Kindern regelmäßig den Hals umdrehen. Wie muss es dir da erst mit fremden Gören gehen?«

Sie hielt die Tür auf, und wir schlüpften in den schummrigen Raum. Aus den Boxen dröhnten die Bässe, House- oder Electroklänge. Hier war ich richtig. Vermutlich hatten Carol und ich einiges gemeinsam – nicht nur den Männer-, sondern auch den Musikgeschmack.

»Bei eigenen Kindern ist das was anderes, glaube ich«, brüllte ich ihr ins Ohr. »Hast du einen Stammplatz hier?«

»Nicht direkt, aber da hinten ist es leiser, dort können wir besser quatschen.«

Wir durchquerten das Lokal, das gut besucht, aber nicht überfüllt war. Neugierig musterten uns im Vorbeigehen ein paar Männer, von denen Carol einige kannte und begrüßte. An einem Stehtisch setzten wir uns auf Barhocker und schauten uns um.

»Nett hier«, sagte ich.

»Ja, finde ich auch, bin allerdings nur noch selten hier und kenne nicht mehr viele Leute. Früher war das anders, als ich mit meinen Freundinnen um die Häuser zog. Heute bin ich hauptsächlich Mutter.« Frustriert verzog sie das Gesicht.

»Soll ich dir etwas verraten? Als ich dich neulich zum ersten Mal sah, war ich total neidisch.«

»Auf mich?« Ich nickte. »Nicht dein Ernst.«

»Doch«, antwortete ich und spürte, wie ich errötete. »Du wirktest so perfekt. Du hast einen Mann, Kinder, ein Haus und all das. Ich hingegen habe es noch nicht weit gebracht. Ach, das klingt wahrscheinlich völlig bescheuert.«

»Nein, überhaupt nicht! Aber ich empfinde es genau andersrum! Ich bin auf Frauen wie dich neidisch. Du hast eine eigene Wohnung, kannst mit deinem Geld anstellen, was du willst, und bist niemandem Rechenschaft schuldig. Außerdem warst du nicht so dumm, dich als junge Frau für immer auf einen Mann festzulegen ...« Sie erschrak über ihre eigenen Worte und lächelte entschuldigend. »Sorry, vergiss das bitte ganz schnell wieder. Noah ist wirklich in Ordnung, ich kann mir keinen besseren Ehemann vorstellen. Wir haben nur gerade ein paar Probleme miteinander.«

»Hey, mach dir wegen mir keine Gedanken, das bleibt unter uns. Was meinst du, wie oft ich an meiner Entscheidung für Paul zweifle. Wir sind zwar nicht verheiratet, aber trotzdem ... In unserem Alter macht man ja auch nicht mehr einfach so Schluss.«

»Alles nicht so einfach«, seufzte sie, und wir grinsten uns verschwörerisch an. »Magst du auch einen Cocktail? Wenn ich mich recht erinnere, haben die was Sensationelles mit Rum und Maracujasaft.«

»Auf jeden Fall! Hauptsache mit viel Alkohol«, erklärte ich.

»Ich hol uns was.«

Carol verschwand an die Bar und kam mit zwei großen Gläsern zurück, die mit Obstspießen und

Cocktailschirmchen verziert waren. Übermütig prosteten wir uns zu und leerten die Drinks in wenigen Zügen. Es gibt Menschen, mit denen man auf Anhieb über Gott und die Welt sprechen kann – so war es bei uns. Wir unterhielten uns über unsere Jobs, Klamotten und den einzig brauchbaren Friseur in Fairmont. Nebenbei vernichteten wir einen Cocktail nach dem anderen, sodass wir nach etwa einer Stunde kichernd von unseren Barhockern rutschten und die Tanzfläche stürmten. Ein ganz und gar gelungener Abend, wir waren in unserem Element, feierten ausgelassen und alberten herum. Wie sich Dinge doch in andere Richtungen entwickeln können, mit denen man absolut nicht gerechnet hatte.

»Thema Männer«, sagte sie, als wir überdreht und verschwitzt zurück an unseren Tisch gingen, wo neue Drinks auf uns warteten. Zwei Typen vom Tresen lächelten uns zu; sie hatten offenbar für unseren Nachschub gesorgt. Artig bedankten wir uns über die Köpfe der anderen Gäste hinweg. »Wie läuft es mit deinem Paul? Er sieht ja echt umwerfend aus.«

»Schönheit ist vergänglich, oder wie war das?«, konterte ich und winkte ab. »Na ja, ganz okay. Aber irgendwas fehlt, befürchte ich. Kennst du das, wenn dir einer nichts recht machen kann?«

»Natürlich kenne ich das. Bei Noah habe ich das noch am Tag der Hochzeit gedacht. Was will ich eigentlich mit dem, fragte ich mich, wieso habe ich nicht länger und gründlicher gesucht und stattdessen den Erstbesten genommen?«

Wieder riss sie erschrocken die Hand vor den Mund. Offensichtlich hatte sie sich an ihre Rolle als perfekte Ehefrau und Mutter gewöhnt und plauderte nicht oft aus dem Nähkästchen. Aber ich war nicht besser. Wann gestand man schon mal offen, dass man bei der Partnerwahl gepflegt ins Klo gegriffen hatte? Nein, lieber sonnte man sich im Glanz und ließ alle Welt glauben, man sei überglücklich.

»Bin ich froh, dass ich nicht allein bin«, gestand ich, nahm einen großen Schluck und fuhr fort: »Der Unterschied zwischen deinem Mann und meinem Freund ist, dass deiner sich festlegt. Meiner aber nicht.«

»Du meinst Festlegen im Sinne von Heirat und so?«

»Ja«, sagte ich und nickte mit zusammengepressten Lippen. »Zusammenziehen, heiraten, Kinder kriegen – für Paul ist das alles noch kein Thema. Aber ich komme mir blöd vor, wenn ich mit Mitte dreißig immer noch von meinem Freund spreche. Ich will auch einen Mann, verstehst du? Oder ist das dumm? Man kann ja keinen Menschen besitzen, meint Paul.«

»Was für ein Schwachsinn. Typisches Gequatsche von jemandem, der seine Freiheit braucht. Bla, bla, bla. Paul sollte froh sein, mit so einer Klassefrau wie dir zusammen sein zu dürfen!«

»Danke! Aber er weiß eben, dass er gut aussieht. Leider!«

»Schöne Männer sollten verboten werden. Denen steigt die eigene Attraktivität zu Kopf. Ehrlich, Britney, das hast du gar nicht nötig. Es gibt garantiert genügend Männer, die dir den Himmel auf Erden bieten würden. Wenn Paul dich nicht oder noch nicht heiraten willst, hast du jedes Recht der Welt, dich weiter umzuschauen.«

Verlegen biss ich mir auf der Unterlippe herum. Zwar war die Wirkung des Alkohols deutlich spürbar, doch so voll war ich auch wieder nicht, als dass ich mich unbesorgt aufs Glatteis begeben wollte. Ob ich es ihr anvertrauen konnte?

»Kannst du schweigen, Carol?«

Sie beugte sich verschwörerisch vor und formte mit Zeige- und Mittelfinger das Victory-Zeichen. »Wie ein Grab, Schwester!«

»Okay. Also, es ist ein bisschen ... prekär«, stammelte ich. »Es geht um einen Typen.« Ich musste ihr ja nicht verraten, dass ich von Travis redete.

»Oha! Ich nehme an, es handelt sich nicht um Paul?« Carol grinste sensationsgeil und machte große Augen. »Ich versichere dir, du bist nicht die Einzige. Also schieß los. Von mir erfährt niemand ein Sterbenswörtchen.«

»Ich bin da neulich in was reingeraten. Eigentlich keine große Sache, aber er geht mir nicht mehr aus dem Kopf. Na ja, wie soll ich sagen? Es war kein richtiger Seitensprung oder so, aber es war auch nicht nichts.«

»Lass dir nicht alles aus der Nase ziehen. Was habt ihr getrieben?«, fragte Carol lachend.

»Rumgeknutscht draußen am Lake Hall. Verrat mich bloß nicht! Wenn Paul das rauskriegt, bin ich geliefert.«

»Quatsch, keine Sorge. Außerdem ...« Sie senkte den Blick und spielte mit den Fingern am Bierdeckel rum. »Ach egal.«

»Alles okay mit dir?«, erkundigte ich mich. »Du siehst auf einmal so traurig aus.«

»Du darfst es niemandem sagen, Britney, wirklich niemandem, das ist echt wichtig! Ich hatte auch mal was mit einem dort am See.«

»Ist doch nicht schlimm. Jeder hatte schon mal was mit jemandem an einem See, oder?«

»Ja, aber nicht, wenn er verheiratet ist«, murmelte sie. »Also, du fängst an. Mit wem hast du rumgeknutscht? Und wann?«

»Letzte Woche.« Ich lief knallrot an.

»Wow! Und Paul hat keine Ahnung?«

»Nö, der würde es vermutlich noch nicht mal registrieren, wenn ich direkt vor seinen Augen wild rumflirten würde.«

»Dann hat er es nicht anders verdient. Männern, die nicht eifersüchtig sind, ist grundsätzlich zu misstrauen.«

»Stimmt wahrscheinlich. Keine Ahnung, warum ich mich trotzdem mit meinem schlechten Gewissen rumplage.«

»Vielleicht weil deine Affäre vom See immer noch eine Versuchung darstellt? Tröste dich, ich kenne das. Allerdings ist es bei mir etwas anders, nehme ich an.«

Sie starrte verbittert auf die Tischplatte. »Sprechen wir lieber von dir. Wer ist es? Kenne ich ihn? Wenn es hier in Fairmont war, stammt der Kerl vermutlich aus der Gegend, oder? Ich kenne hier eigentlich jeden.«

»Ach, ich weiß nicht, Carol, ich sollte wirklich besser meine Klappe halten. Von Alkohol werde ich immer viel zu gesprächig.«

»Nun spuck es schon aus!«, drängelte sie. »Wo hast du ihn kennengelernt? Oder kennst du ihn schon länger?«

»Nein, ich habe ihn das erste Mal neulich auf Jennas und Lukes Party getroffen.«

Ach du Scheiße, ich redete mich um Kopf und Kragen. Wieso hatte ich das bloß gesagt? Carol kniff die Augen zusammen, skeptisch musterte sie mich. Es schien, als seien wir beide schlagartig ernüchtert.

»Waren da nicht nur Paare? Ein brauchbarer männlicher Single wäre mir bestimmt aufgefallen«, versuchte sie einen Scherz. Doch wir lachten beide nicht.

»Keine Ahnung, wie schon gesagt: Ich war ja total neidisch auf all die glücklich Verheirateten und kam mir wie die einzig Übriggebliebene in unserem Alter vor. Ach, ist echt egal, lass uns bloß das Thema wechseln. Scheiß Männer.«

Mein Ablenkungsmanöver ging in die Hose; Carol ließ einfach nicht locker.

»Es stimmt auch nicht ganz«, gab ich zerknirscht zu und zerstieß die letzten Eiswürfel im Glas. »Ich habe ihn nicht kennengelernt auf der Party, sondern ihn da nur gesehen. Vielleicht. Ach, ich weiß nicht. Jedenfalls ist er mir quasi auf der Straße aufgefallen, weil er ein auffälliges Auto hat.«

Ich wagte keinen Blick in Carols Augen. So musste man sich bei polizeilichen Verhören vorkommen. Ausgehorcht, ausgequetscht. Schuldig. Dabei war sie es, die sich schuldig vorkommen sollte ... Wieso veränderte sich schon wieder meine Perspektive? Carol machte mich ganz nervös!

»Ein auffälliges Auto.« In ihrer Stimme lag die gleiche Feindseligkeit wie seinerzeit auf dem Parkplatz. »Es war nicht zufällig gelb?«

»Doch«, antwortete ich leise. Trotz der Musik hörte ich nur noch Carol und mich. Ihr schien es nicht anders zu gehen.

»Du hast mit Travis rumgemacht? Unglaublich.«

»Nicht rumgemacht! Nur ein paar Küsse, nicht der Rede wert. Vergiss es einfach, okay?«

Jetzt wurde ich langsam sauer. Was fiel ihr ein? Hatte sie irgendwelche Exklusivrechte an ihm? Und wenn ja, wie hätte ich davon wissen sollen? Es ging sie einfach gar nichts an, mit wem ich rumknutschte. Selbstbewusst schaute ich hoch – und stellte fest, dass Carol abhauen wollte.

»Ich muss los. Ist besser, wenn wir uns nicht wieder treffen«, zischte sie. Dass sie mir am liebsten eine reingehauen hätte, war unschwer zu erkennen. Sie kochte vor Wut. Aber ich auch!

»Wenn du meinst«, giftete ich und stand ebenfalls auf. »Ich weiß zwar nicht, welche Laus dir über die Leber gelaufen ist, aber bitte. Es wäre nur sehr nett, wenn du für dich behalten könntest, was ich dir eben anvertraut habe. Ich hatte nämlich kurz geglaubt, wir könnten so was wie Freundinnen werden.«

»Weißt du was, Britney?« Sie ging einen Schritt auf mich zu, sodass unsere Nasenspitzen fast zusammenstießen. »Leck mich am Arsch. Auf solche falschen Freundinnen wie dich kann ich getrost verzichten.«

9

»Na, wie war's? Hattet ihr einen schönen Abend?«, erkundigte sich Paul am nächsten Tag telefonisch.

Ich saß im Schlafanzug an meinem Küchentisch und brummte schlecht gelaunt. Andere Frauen meines Alters waren samstagvormittags mit wichtigen Dingen beschäftigt. Sie erledigten Wocheneinkäufe, putzten den Flur oder machten Gartenarbeit. Bei mir hingegen regte sich nichts. Keine Lust auf nichts. Paul ging mir auch schon wieder auf die Nerven.

»Der Laden war ganz nett. Gute Musik, die Getränkepreise sind okay. Ich war aber schon um kurz nach Mitternacht im Bett.«

»Oh, da war ich noch wach. Wieso hast du dich nicht gemeldet? Du hättest bei mir schlafen können.«

»Weiß nicht, hat keinen bestimmten Grund. Ich wollte allein sein.«

»Na, schönen Dank auch.«

Jetzt war er beleidigt. Hervorragend. Ich hätte ihm natürlich von dem Drama in der Schule berichten können, aber mir war nicht danach. Ich wollte es verdrängen. Außerdem hatte mir Inspector Shore eine Nachricht geschickt, die vermutlich privater Natur war.

Hallo Mrs. Berenson, ich hatte ein Gespräch mit Ihrem Chef und Vitos Mutter. Vito wird vorerst beurlaubt, um keinen weiteren Staub aufzuwirbeln. Wir werden versuchen, den Ball flach zu halten. Es ist keine Pressemitteilung rausgegangen ... Das nur zu Ihrer Info ... Emily Shore

Dankbar hatte ich ihr geantwortet:

Danke, sehr nett von Ihnen! Ich verstehe. Werde meinen Schülern klarmachen, dass es sich um einen Aussetzer handelte. Vielleicht klappt es. Britney

Ich dachte darüber nach, den Kids gegenüber zu behaupten, dass die Pistole nicht geladen war. Allerdings konnte man davon ausgehen, dass ihre Eltern dieser Behauptung keinen Glauben schenkten. Verständlich. Aber auch verständlich, dass ich das Thema ein paar Tage beiseiteschieben wollte. Ich würde Vitos Familie dazu raten, die Schule zu wechseln, denn ich konnte mir beim besten Willen nicht vorstellen, wie man diesen tiefen Riss in der Klasse wieder kitten sollte.

»Was hast du gesagt?«, fragte ich Paul, der während meiner Gedanken an den Job weitergesprochen hatte.

»Nicht dein Ernst! Du hörst mir nicht zu?«

»Oh Mann«, stöhnte ich, »ich bin halt heute zu nichts zu gebrauchen.«

»Aha.«

Was für ein traumhaftes Wochenende. Genervt schaute ich durchs Fenster nach draußen, wo Laub durch die Gegend wirbelte. Bei diesem Wetter bekam man zusätzliche Depressionen. Ich vermisste meine sonnige Heimat.

»Baby«, sagte ich schlichtend, »ich wollte nicht wegen dir allein sein, sondern wegen Carol. Das ist eine blöde Ziege. Total unberechenbar. Zuerst hatten wir wirklich Spaß zusammen, aber dann gefiel ihr irgendwas nicht und sie wurde ausfällig.«

»Wie? Dir gegenüber?«

»Ja, sie meinte, wir würden nicht zusammenpassen und dass sie jetzt lieber gehen möchte.« Lügnerin, schalt ich mich selbst, elende Lügnerin. Doch ich konnte Paul schlecht sagen, was Carol wirklich von sich gegeben hatte. »Und dann hat sie mich einfach stehen gelassen.«

»Das ist ja eine Frechheit. Tss, seltsame Leute gibt es. Tut mir leid. Du hattest dich so auf eine neue Freundin gefreut. Oh, warte mal …« Er stockte. »Wenn man vom Teufel spricht.«

»Hm?«, fragte ich. »Was ist denn?«

»Jenna schreibt mir gerade … Hä, das ist ja unglaublich. Seltsam.«

»Boah, Paul, du sprichst in Rätseln. Was steht in Jennas Nachricht?«

»Also gut, ich lese sie dir vor. Aber reg dich bitte nicht gleich auf, das lässt sich bestimmt klären. *Hi Paul, weißt du, weswegen Carol und Britney sich gestritten haben? Carol ist wohl total sauer und hat zu ihrem Mann gesagt, dass sie nichts mehr mit ihr zu tun haben will. Liebe Grüße, Jenna.*«

»Was geht das deine Kollegin an?«, schnauzte ich in den Hörer und beugte mich aufgebracht vor, wobei mir fast mein Kaffeebecher umkippte.

»Ich weiß es doch nicht, ich bin genauso verwundert wie du. Soll ich ihr antworten?«

»Das ist mir doch egal. Ist ja deine Kollegin. Du bestehst doch immer so auf *deins* und *meins*! Was für ein Kindergarten. Ich hasse dieses blöde Kaff!«

»Hey, ich kann nichts dafür, Britney, lass deine Wut nicht an mir aus. Ich schreibe Jenna sofort.«

»Mach das. Bye.«

Wütend beendete ich das Gespräch, ohne Pauls Antwort abzuwarten. Ich schaltete das Handy aus, zog meine Joggingklamotten an und versuchte, draußen den Kopf frei zu bekommen.

Es kostete mich enorme Willenskraft, das Smartphone erst abends wieder anzuschalten, aber ich zog es durch. Schlimm genug, dass man sich heutzutage für unentbehrlich hielt. Nicht ständig das Ding zu checken, war einerseits völlig ungewohnt und andererseits herrlich befreiend. Ich sollte das öfter machen, nahm ich mir vor. Vielleicht wäre es mir dann auch endlich gleichgültig, ob Paul schnell auf meine Nachrichten antwortete und wessen Eltern sich über die Hausaufgaben ihrer armen Kinder beschwerten.

Doch als ich das Ding aktivierte, war ich sofort wieder in der Sucht angekommen. Ich hatte fünf Anrufe verpasst, außerdem warteten unzählige ungelesene Nachrichten auf mich. Fast alle stammten von Paul. Zwei von einer Kollegin. Und eine von Travis.

Gibst du mir eine zweite Chance? Unverzeihlich, was ich neulich für einen Blödsinn geredet habe, aber du gehst mir nicht aus dem Kopf. Können wir uns sehen, Britney? Hit me, Baby, one more time ...

Einfallsreich war das nicht. Jeder zweite Typ brachte diesen Spruch und kam sich dabei wahnsinnig originell vor. Aber welcher Typ war schon originell? Das Kind war ohnehin schon in den Brunnen gefallen. Ich wusste nichts mit mir anzufangen. Paul nervte mich. Carol zickte rum. Gab es irgendeinen Grund, keine Dummheit zu begehen? Ich konnte tun und lassen, was ich wollte. Ein bisschen kam ich mir wie eine Super-Detektivin vor. Niemand wusste vielleicht so viel wie ich über die Zusammenhänge Bescheid – sofern überhaupt Zusammenhänge existierten. Immerhin hatte ich einen Amoklauf verhindert und könnte nun herausfinden, ob Travis der gefährliche

Vergewaltiger ist. Mir würde schon nichts geschehen, denn dann hätte er mir direkt K.-o.-Tropfen eingetrichtert und sich nicht die Mühe eines Dates gemacht. Es gab schließlich viele Straftäter, die Doppelleben führten. Auf der einen Seite der treusorgende Familienvater, auf der anderen Seite ein eiskalter Serienkiller. Mir lief es eiskalt den Rücken runter, doch merkwürdigerweise genoss ich den wohligen Schauer. Ein Treffen mit Travis diente hauptsächlich der Spurensuche. Ich war neugierig. Und verdammt, ich wollte, dass etwas passiert, von mir aus ein überflüssiges Abenteuer. Na und? Ich hatte nichts zu verlieren, und mein Herz war mir schon mehr als einmal gebrochen worden.

Bin in einer Stunde am See. B.

Meine Antwort war dermaßen cool, dass ich mich sofort ein Stückchen größer fühlte. Jawohl, ich würde die Zügel in der Hand behalten und Treff- und Zeitpunkt vorgeben. Entweder, Travis kam – oder eben nicht. Mir doch egal, ob er Zeit hatte. Wenn es ihm wichtig war, würde er schon Mittel und Wege finden. Immerhin hatte er doch selbst damit geprahlt, ein routinierter Fremdgänger zu sein. Zufrieden grinste ich auf mein Handy und genoss das erhabene Gefühl, als Travis zwei Emoticons zurückschickte: einen Daumen hoch und einen Smilie mit Herzaugen.

Schlagartig wurde mir klar, dass ich mich für ein Date unbedingt zurechtmachen musste – ich hatte noch nicht mal geduscht! Wie von der Tarantel gestochen sprang ich auf, lief ins Bad, zog auf dem Weg dorthin meinen Pyjama aus und pfefferte ihn in Richtung Schlafzimmer. In der Dusche putzte ich mir die Zähne, rasierte mich an allen erdenklichen Körperstellen und föhnte anschließend in Rekordzeit die Haare. Dezentes Make-up, Pferdeschwanz, sehr knappe Dessous und darüber Jeans, Sweatshirt und ein langer, kuscheliger Wollmantel – nach einer Dreiviertelstunde war ich fertig und betrachtete im Flur zufrieden mein Spiegelbild, bevor ich nach draußen zum Auto raste.

***

Lässig an seinen Wagen gelehnt, wartete er auf dem Schotterparkplatz bereits auf mich. Hätte nur noch gefehlt, dass er eine aufgerauchte Zigarette mit der Fußspitze zerdrückt, doch dieses Klischee ließ er aus. Mein Herz pochte vor Aufregung, als ich ausstieg und er mir ein paar Schritte entgegenkam. Hinter ihm schimmerte der See in der schwachen Mittagssonne. Der Herbst in Minnesota fing an, mir zu gefallen. Melancholisch, ruhig, geheimnisvoll.

Travis griff nach meinen Händen, und wir standen uns wie zwei Kinder gegenüber und schwenkten die Arme sacht hin und her. Keiner sagte einen Ton, bis er mir einen Kuss auf die Stirn gab.

»Meine Eltern haben ein kleines Häuschen da hinten.« Er schaute über die Schulter zum anderen Ufer.

»Ist aber eine Ecke entfernt. Man kann nicht mit dem Wagen ranfahren. Ich war ewig nicht mehr dort und habe keine Ahnung, wie es drinnen aussieht. Hast du Lust? Oder ist das zu aufdringlich?«

»Aufdringlich finde ich gut.« Keine Ahnung, welcher Teufel mich ritt, aber das Spiel mit dem Feuer wurde mit jeder Sekunde reizvoller. Sonst war ich nie so offensiv gewesen und wies dreiste Anmachen immer mit einem ruppigen Spruch zurück. Doch jetzt wollte ich angemacht werden, suchte die Gefahr und forderte Travis mit einem verheißungsvollen Blick heraus. »Dann lass uns mal aufbrechen.«

Es fühlte sich fast schon vertraut an, als wir händchenhaltend am Ufer entlangschlenderten und die verlassen wirkenden Häuschen am Wegesrand passierten. Wie ein richtiges Pärchen. Krampfhaft verscheuchte ich die Gedanken an Paul, Travis' Ehefrau und Carol. Dies war nicht der passende Zeitpunkt für Gewissensbisse.

»Die Cabins stehen um diese Jahreszeit meistens leer.« Er wies auf die kleinen Ferienhäuser – eine Mischung aus Wohnwagen und Gartenlauben –, von denen es etwa fünfzig Stück auf jeder Seite des Sees gab. »Hierher verirren sich nur Angler oder Romantiker. Selten Familien mit kleinen Kindern, die das Ursprüngliche suchen, aber ich glaube, sie kommen meist nicht wieder. Es fehlt irgendwas.«

»Sand zum Beispiel«, sagte ich. »Ich mag es nicht, mich ins Gras zu legen. Wenn ich Wasser sehe, denke ich automatisch an einen Sandstrand. Kindern geht das vermutlich ähnlich. Sie wollen rumbuddeln und Burgen bauen.«

Abrupt blieb er stehen und zog mich an sich. Seine Hände lagen warm und beschützend auf meinem Nacken, als er mich küsste. Atemlos erwiderte ich seine Zärtlichkeiten, erschauderte, weil er ein Bein zwischen meine Oberschenkel schob. Zwischendurch überschüttete er mich mit Komplimenten.

»Du machst mich verrückt, Britney. Ich kann nur noch an dich denken. Was machst du nur mit mir?«

Das fragte ich mich auch. Was machte er nur mit mir? Ich war wie angefixt und hatte nur noch eines im Sinn: Sex. Ja, ich wollte so schnell wie möglich mit Travis ins Bett. Ich war scharf wie nie, erkannte mich selbst nicht wieder.

»Komm«, murmelte ich, »ich will endlich mit dir allein sein.«

»Hier ist kein Mensch weit und breit.« Lachend breitete er die Arme aus. Stimmt, am Lake Hall war es wie ausgestorben. Nur wir und ein paar Fischreiher, die lautlos übers sumpfige Land flogen. »Ich schätze, wir brauchen noch eine halbe Stunde, bis wir dort sind. Hoffentlich frierst du nicht, denn sonst müsste ich mich erst mal um Holz kümmern, um die Hütte warm zu bekommen.«

»Das wird nicht nötig sein, du bekommst mich sicherlich auch anders warm.«

***

Draußen wurde es bereits dunkel, als ich durch die dreckigen Fensterscheiben auf den See schaute. Ich hatte mich auf dem schmalen Bett, das direkt unterm Fenster stand, aufrecht hingesetzt und verschaffte mir einen Überblick über den kleinen, unordentlichen Raum. Als wir wenige Stunden zuvor hineingestürzt waren, waren wir wie ausgehungerte Tiere übereinander hergefallen, und ich sah außer den Dingen, die sich in direkter Nähe zum Bett befanden, nichts außer Travis, der mich küsste, streichelte, auszog, liebkoste und in allen Stellungen nahm, die ich kannte. Er war der beste Liebhaber, den ich je gehabt hatte, von der ersten Sekunde an, was mich nicht überraschte. Schon beim Kuss war mir klar gewesen, dass er wie ein Magnet auf mich wirkte, dem ich mich nicht entziehen konnte. Ich klebte an ihm, süchtig und nach weiteren Zuwendungen lechzend. Wie absurd der Gedanke gewesen war, es könne sich bei ihm um einen brutalen Vergewaltiger handeln. Klar, er war weiß Gott kein Softie und fasste mich teilweise fast grob an. Aber er hatte nichts getan, was ich nicht auch gewollt hätte. Und jetzt, nach dem Sex, agierte er äußerst zärtlich.

Die Hütte stand abseits der anderen Unterkünfte und sah anders aus. Nicht aus Plastik oder weißem Wellblech, sondern aus Holz und schwarzen Platten, die vermutlich dazu dienten, kaputte Stellen abzudecken. Was nicht wirklich gelungen war, denn es zog durch mehrere Ritzen empfindlich kalt ins Innere. Fröstelnd fischte ich nach der geblümten

Patchworkdecke, die bis zu unseren Füßen heruntergerutscht war.

»Ist dir kalt, Baby?« Seine Finger glitten meine Wirbelsäule entlang und er legte sich auf die Seite, das Gesicht mir zugewandt.

»Ja, schon, aber macht nichts. Ich muss sowieso los, wenn ich nicht will, dass man Suchtrupps nach mir losschickt.«

»Tja, Handyempfang kann man hier knicken. Es gibt kein Internet und noch nicht mal ein Telefon. War zumindest früher so, wenn ich mit meinen Eltern hier war.«

»Als du mit deinen Eltern hier warst, gab es sowieso noch keine Handys, oder willst du mir weismachen, du seist erst Ende zwanzig?« Ich lehnte mich zurück und lies meinen Blick durchs Zimmer wandern. An der Wand gegenüber befand sich eine Pinnwand aus Kork, die über und über mit rosa und gelben Zetteln bedeckt war. Auf die Distanz konnte ich nur erkennen, dass lauter Zahlen darauf gekritzelt waren. Vermutlich Telefonnummern. Ich kniff die Augen zusammen und fixierte die Notizen.

»Ich fühle mich zwar jünger als ich tatsächlich bin, aber du hast recht – zu meiner wilden Zeit konnte man von Smartphones und dem Internet nur träumen. Sag mal, was starrst du denn da so rüber? Ist da eine Spinne oder was? Gib mir lieber noch einen Kuss.«

Er versuchte mich zu sich runterzuziehen, doch ich war neugierig geworden und stieg über ihn rüber, um aus dem Bett zu krabbeln. Im Rücken spürte ich, nackt wie ich war, wie er mich im schummrigen Licht beobachtete. Wenige Schritte, dann stand ich vor der Pinnwand, die über einem hohen Stapel Kartons angebracht war. Es roch vermodert. Travis' Blicke bohrten sich in meinen Rücken.

»Gibt es etwas Spannendes zu entdecken? Das ist uralter Kram meiner Eltern ohne Bedeutung.«

»Ich denke, ihr hattet kein Telefon. Wieso sind dann hier so viele Telefonnummern?« Über die Schulter schaute ich zu ihm, sah, dass er sich die Haare aus der Stirn strich und genervt die Augen rollte.

»Was spielt das für eine Rolle? Kann dir wohl scheißegal sein! Spionierst du mir etwa nach?«

Seine Fragen blieben wie Sprechblasen in der Luft hängen. Unbeantwortet. Leere Worthülsen. Eigentlich hätte ich mit einer Gegenfrage reagieren wollen – ob es denn einen Grund gäbe, ihm hinterherzuspionieren. Doch mir blieb förmlich die Spucke weg, denn als ich meinen Kopf zurück zur Pinnwand drehen wollte, öffnete sich mit einem Ruck die Eingangstür. Laut knallte die Tür gegen die Wand, sodass ein blasser Kunstdruck hinter Plexiglas ins Wackeln geriet.

Carol stand breitbeinig und klitschnass im Türrahmen. Offenbar hatte es geregnet, ohne dass ich davon etwas mitbekommen hatte. Ihre dunklen Haare hingen verstrubbelt kreuz und quer in ihrem Gesicht, auf den Wangen hatten sich hässliche rote Flecke gebildet. Trenchcoat und Jeans klebten an ihrem Körper, die teuren Wildlederstiefel konnte sie vergessen – völlig verdreckt und eingesaut. Instinktiv riss ich die Hände hoch, versuchte, meine Blöße zu verdecken, was mir nicht gelang. Feindselig starrte sie zuerst mich an, stieß einen verächtlichen Laut aus, und schaute anschließend zu Travis.

»Sorry, dass ich störe!«, zischte sie außer sich vor Wut. Das war dieselbe Carol, die ich vom Parkplatz kannte. Ängstlich wich ich zurück. »Bleib stehen, du Verräterin!« Ich stoppte.

»Was fällt dir ein?«, brüllte sie mit unkontrolliert zappelnden Armen in Travis Richtung. Hoffentlich zückte sie nicht gleich eine Waffe! Sie war völlig durchgedreht.

Wie Flashbacks erschien das Bild von Vito mit der Pistole im Klassenraum vor meinem inneren Auge. Die Kapuze über seinen Kopf gezogen. Die panische Stille meiner Schüler. Nicht schon wieder, bitte nicht! Ich legte keinen Wert mehr darauf, eine Super-Detektivin zu sein.

»Nun mach kein Drama draus«, versuchte er es mit ruhiger Stimme. »Komm erst mal rein und beruhige dich.«

Aus dem Augenwinkel sah ich, dass er aufstehen wollte. Vielleicht griff er nach der Decke, um nicht nackt zu sein. Vielleicht breitete er die Arme aus. Ich weiß es nicht. Ich weiß nur noch, dass Carol nach vorn hechtete, ein Bein hochriss und mir mit voller Wucht in den Bauch trat. Alles ging rasend schnell, ich fiel stöhnend zu Boden und schloss kurz benommen die Augen.

Als ich sie wieder öffnete, war Travis zwischen Carol und mich geeilt und hielt sie an den Schultern fest. Von unten sah ich seinen Hintern. Ich krümmte mich wimmernd und hatte absurde Gedanken. Hoffentlich hatte sie mir nicht den Unterleib zertrümmert, sodass ich jetzt gebärunfähig war. Vielleicht hatte sie mir irgendwelche inneren Organe zerstört, diese Irre!

»Hast du komplett den Verstand verloren? Hau sofort ab!«, schnauzte er sie aufgebracht an.

»Du bist ein riesengroßes Arschloch, Travis Mathewson! Ich hasse dich!« Sie kreischte und versuchte, sich aus seinem Klammergriff zu befreien. »Nimm deine dreckigen Finger von mir, du Wichser!«

»Wenn du nicht sofort verschwindest, Carol, werde ich dich anzeigen!«

Sie lachte schrill auf. »Du mich? Das ist ja wohl ein Witz!«

»Allerdings. Das habe ich bislang aus speziellen Gründen nicht getan, aber ich kann das jederzeit nachholen. Also verpiss dich, und lass uns in Ruhe!«

»*Uns*!«, äffte sie ihn verächtlich nach, blickte an ihm vorbei zu mir und schaute mich dermaßen hasserfüllt an, dass ich für einen kurzen Moment meine Bauchschmerzen vergaß. »Ich könnte dich auch anzeigen«, behauptete sie und wandte sich wieder ihm zu.

Er ließ ihre Schultern los, sie schüttelte sich und drohte, erneut zu mir zu kommen. Schnell stellte er sich ihr in den Weg. Drohend hob sie den Zeigefinger und brüllte in meine Richtung: »Halt dich aus meinen Sachen raus, Britney Berenson! Ist das klar?«

»Ja.«

»Wehe, wenn nicht!«

Ich senkte den Kopf und fing an zu heulen. Travis schob Carol grob zur Tür und sagte irgendetwas zu ihr, das ich nicht verstand. Da saß ich nun auf dem schäbigen Fußboden einer runtergekommenen Hütte am See. Nackt, geschlagen und verängstigt. Hätte ich mich nur aus diesem Milieu rausgehalten. Ich war freiwillig in Kreise geraten, mit denen ich nie etwas zu tun haben wollte. Wie war ich bloß auf die blödsinnige Idee gekommen, Travis als Vergewaltiger überführen zu können? Nun wusste ich zwar, dass er keiner war, aber dafür hatte ich eine andere Verbrecherin am Hals.

Endlich hatte er sie vertrieben, schloss hinter ihr die Tür und half mir auf, indem er mich mit beiden Armen von hinten packte und recht unsanft zum Bett schleppte. Ächzend legte ich mich hin und zog die Decke über mich. Ohne hinzuschauen, tastete ich meinen Oberkörper ab, aber alles fühlte sich ganz normal an. Vielleicht hatte Carol mich gar nicht verletzt. Boxer oder andere Kampfsportler erlebten so was ständig und rannten auch nicht gleich zum Arzt. Travis zog sich eine Jeans an und setzte sich zu mir auf die Bettkante.

»Ich glaube, wir müssen nicht in die Klinik fahren«, stellte er fest. »Sie ist nicht stark und wollte nur bluffen.«

»Du weißt ja nicht, wie weh es tut«, jammerte ich und wischte mir die Tränen weg. »Die hat ja wohl nicht alle Tassen im Schrank! Warum hat sie das getan?«

Meinem Blick ausweichend, meinte er: »Ich hatte dir ja schon gesagt, dass sie zwei Seiten hat. Die spinnt eben.«

»Spinnen ist wohl etwas milde ausgedrückt. Sie hätte mir sonst was zufügen können! Boah, ist mir schlecht. Kopfschmerzen bekomme ich jetzt auch.«

»Ich hol dir gleich was. Muss mal gucken, wo Aspirin ist.«

»Aber vorher will ich wissen, was das zu bedeuten hat. Wieso hat Carol mir gedroht, ich solle mich aus ihren Sachen raushalten? Ich mache doch gar nichts. Ist sie eifersüchtig auf mich?«

»Ach, mit Weiberkram kenne ich mich nicht aus. Keine Ahnung.«

»Das werte ich mal als ein Ja.«

Erschöpft versuchte ich, eine Position zu finden, in der ich bequem liegen konnte. Einerseits wollte ich unbedingt weg hier. Andererseits fühlte ich mich wahnsinnig kraftlos. Woher sollte ich die Energie nehmen, von hier zu verschwinden? Und was wäre, wenn mir draußen Carol auflauern würde, um mich endgültig zu erledigen?

»Du bist blass wie eine Leiche«, stellte Travis nüchtern fest. »Sahst echt schon besser aus.« Von Mitleid keine Spur. Seine verrückte Ex hatte mich zusammengeschlagen, aber ihn tangierte das nicht die Bohne.

Na, herzlichen Dank auch. »Ich mix dir jetzt mal was zusammen, damit du wieder auf die Beine kommst.«

»Wahnsinnig großzügig«, gab ich zurück.

Er verschwand in der Küche. Ich hörte, wie er in einer Schublade rumwühlte, dann klappte eine Schranktür. Wasserrauschen. Mit einem Glas in der Hand kam er zu mir zurück.

»Hier, trink das. Ich musste eine Tablette in Wasser auflösen, was anderes habe ich nicht gefunden. Müsste aber wirken.«

Gierig schluckte ich das Getränk in wenigen Zügen runter. Die Medizin würde hoffentlich schnell anschlagen, denn ich fühlte mich entsetzlich.

10

Benommen öffnete ich die Augen. Ich lag auf dem Bett in der Hütte, war zugedeckt. Unter der Decke war ich nackt. Oder täuschte mich mein Gefühl? Alles tat mir weh. Nein, nicht alles. Der Kopf dröhnte, mein Bauch fühlte sich an, als wäre ein Truck darübergefahren. Aber ich spürte Arme und Beine, kreiste probehalber die Füße und Hände. Erleichtert atmete ich aus. Doch warum lag ich hier, was war überhaupt los? Ich hielt mir eine Hand vor die Augen – durch das schmierige Fensterglas schien die Sonne grell hinein. Tröpfchenweise kam die Erinnerung ... Sex mit Travis. Ich an der Pinnwand. Carol im Türrahmen. Carol, oh Gott! Sie hatte mich geschlagen. Oder?

»Na, Schlafmütze?« Ohne dass ich es bemerkt hatte, war Travis neben mich getreten. Oder stand er schon die ganze Zeit dort? »Du siehst ganz schön verkatert aus.« Er lachte.

In meinem Kopf drehte sich alles. Was meinte er? Wieso verkatert? Ich konnte mich an keinen Schluck Alkohol erinnern. Vielleicht gebrauchte er nur eine Redewendung und meinte etwas anderes. Mit beiden Händen versuchte ich, die Sonne auszusperren, und blinzelte ihn an. Er trug ein graues Shirt und sah unverschämt gut aus. Als käme er gerade frisch aus der Dusche. Ich schämte mich für meinen desolaten Zustand, mein eigener Schweißgeruch kroch mir in die Nase.

»Hilf mir auf die Sprünge«, bat ich krächzend, räusperte mich und bemühte mich, in eine aufrechtere Position zu kommen. Um meine nackte Brust weiterhin zu bedecken, zog ich die Decke bis unters Kinn. »Ich habe einen Filmriss. Wie spät ist es? Oh Gott, verdammt! Man wird sich unglaubliche Sorgen machen!«

Er schaute auf seine Armbanduhr, eine Breitling mit blauem Ziffernblatt. Seltsam, wieso war mir die vorher nicht aufgefallen? »Keine Panik. Es ist gleich elf Uhr.«

»Welcher Tag? Sonntag?«

»Natürlich Sonntag.« Er schüttelte genervt den Kopf, als hätte ich die dümmste aller Fragen gestellt, und wendete sich von mir ab. »Deine Sachen sind im Bad, kannst dich ja mal frisch machen. Du müffelst ein bisschen, wenn ich das anmerken darf.« Angewidert rümpfte er die Nase.

Vorsichtig setze ich meine Füße auf den dunklen Linoleumboden, schlang die Decke um den Körper und bemühte mich, alle offenen Fragen beiseitezuschieben. Jetzt erst mal aufs Klo und anziehen. Danach würde ich weitersehen.

»Da drüben?« Ich schaute an ihm vorbei zu einer von zwei Türen.

»Ja, links. Wenn's geht, beeil dich ein bisschen. Ich muss langsam mal los, sonst macht meine Frau Stress.«

»Schon klar.«

Was für ein Arschloch. Und wieder war ich auf ihn reingefallen. Mir war wirklich nicht zu helfen. Mühsam rappelte ich mich auf und wankte an ihm vorbei, die Decke wie Linus von den Peanuts seine Kuscheldecke hinterherschleifend. Der Typ konnte mich mal kreuzweise.

Das Badezimmer war eine kleine Kaschemme, aus der ich normalerweise rückwärts wieder rausgegangen wäre, doch ich musste plötzlich so dringend, dass ich es nur knapp auf die Toilette schaffte und erleichtert durchatmete, als ich endlich pinkeln konnte. Es war fast ein kompletter Tag vergangen, seitdem ich das letzte Mal auf dem Klo gewesen war – oder vielleicht doch nicht? Ich hatte nicht wirklich ein Besäufnis und einen kompletten Filmriss gehabt, oder? In diesem Raum war ich noch nie im Leben gewesen, da war ich mir absolut sicher. In der Duschwanne lagen achtlos hingeworfen meine Klamotten, außerdem einige Sachen, die mir nicht gehörten. Mit spitzen

Fingern fischte ich meine Kleidung heraus und entschied mich für eine Katzenwäsche am Waschbecken. Der Blick in den Spiegel war nicht so schlimm wie befürchtet. Die rasenden Kopfschmerzen sah man mir nicht an, und verschmierte Wimperntusche war kein ungewohnter Anblick. Meine Haare waren offen. Gestern hatte ich einen Pferdeschwanz getragen. Ich kämmte mit den Fingern notdürftig durchs Haar.

Zaghaft wanderte mein Blick abwärts zum Bauch. Dorthin hatte Carol mich getreten, diese blöde Kuh! Wie ein Cowboy hatte sie in der Tür gestanden. Hätte noch gefehlt, dass sie eine Pistole gezogen hätte. Aber nein, sie wählte einfach ihren Fuß, mit dem sie mich umgehauen hatte. Moment mal ... Mit einem Tritt in den Bauch konnte man doch nicht bewusstlos werden. Was war danach geschehen? Hm. Vorsichtig tastete ich alles ab, aber von außen war nichts zu erkennen. Ob ich innerlich verletzt war? Immerhin blutete ich nicht.

Na klar, Travis war eingeschritten. Er hatte Carol davon abgehalten, mich noch weiter zu malträtieren. Die Erinnerung kam nur schwammig zurück, als läge ein milchiger Schleier über den Bildern. Wie bei einem Traum, bei dem man hinterher die Reihenfolge der Geschehnisse nicht mehr rekonstruieren konnte. Wann hatte er von Weiberkram geredet? Das war, nachdem sie mich getreten hatte. Er hatte mich zurück ins Bett gebracht und mir ein lösliches Aspirin gegeben. Danach muss ich vor Erschöpfung weggedämmert sein.

Ich machte mir selbst Mut, wurde fahrig und wusste nicht, was ich zuerst tun sollte. Abhauen. Ich musste so schnell wie möglich abhauen. Dann konnte ich in Ruhe weiter nachdenken, auch darüber, wo Carol jetzt steckte. Ich betete, dass sie nicht hinter der Badezimmertür lauerte, sobald ich heraustrat.

Nichts dergleichen geschah. Travis war mit irgendwas an einem Schrank, der mitten im Raum stand, beschäftigt, als ich angezogen zurückkam. Sofort drehte er sich zu mir um und lächelte freundlich, als wenn nichts gewesen wäre. Vielleicht war ja auch gar nichts gewesen. Ich wünschte mir einen abgefahrenen Wachtraum, aus dem ich gleich zu Hause aufwachen würde und den ich fassungslos lachend abschütteln könnte. Doch leider befand ich mich in keinem Traum, sondern in der Realität. In einem abgelegenen Wochenendhaus am Lake Hall. Am Arsch der Welt. Allein mit einem Verbrecher und seiner geistesgestörten Gespielin, die aber nirgends zu sehen war. Stopp! Nein! Ich musste die Angst in den Griff bekommen, sonst obsiegte sie.

»Fertig?«, fragte er und griff in seine Hosentasche. Erschrocken wich ich zurück, doch er zog nur den Schlüssel aus seiner Jeans und warf ihn spielerisch in die Luft, um ihn kurz darauf wieder aufzufangen. »Du bist ein nervöses kleines Ding, Britney. Aber süß. Wollen wir?«

»Ja«, sagte ich leise und verkniff mir eine bissige Bemerkung. Weder war ich ein kleines Ding noch süß.

Mit nervös traf er allerdings den Nagel auf den Kopf. Ich war sehr nervös.

***

Alle Dämme brachen, als ich endlich meine Wohnung erreichte und den Schlüssel zweimal umdrehte. Ich heulte laut auf und krümmte mich vor Schmerz, Scham und Angst. Eigentlich weinte ich mehr aus Verzweiflung – die Schmerzen waren erträglich, oder ich verdrängte sie seit Stunden erfolgreich. Verzweifelt ließ ich mich aufs Bett fallen, drückte mein Gesicht ins Kopfkissen und heulte so lange, bis nur noch ein erschöpftes Schluchzen aus meiner Kehle kam. Die ganze Zeit hatte ich mich zusammengerissen, als ich den weiten Weg von der Hütte bis zum Parkplatz mit Travis zurückging. Was heißt schon ging? Ich lief fast immer zwei Schritte vor ihm, wollte ihn nicht sehen, aber spürte doch im gleichen Moment die Bedrohung, wenn er hinter mir ging und mich jederzeit hätte angreifen können. Und als ich im Auto saß, die Augen stur nach vorn gerichtet. Keinerlei Emotionen erlaubte ich mir außer dem Mantra *Erstmalnachhausekommen-Erstmalnachhausekommen-Erstmalnachhausekommen.*

Da war ich nun. Allein, verängstigt und ratlos. Was sollte ich tun? Wenn ich zur Polizei ginge, würde man mir dort überhaupt glauben? Ich wusste doch noch nicht einmal, was geschehen war. Ich hatte einvernehmlichen Sex mit einer verbotenen Affäre gehabt – das wäre das, was hängen blieb. Ich würde mich gegenüber Paul erklären müssen. Wegen eines Seitensprungs, den ich bitter bereute und lieber für mich behalten wollte. Nein, ich konnte niemanden anzeigen. Sobald ich Carol zur Sprache brächte, ginge das ganze Drama doch erst so richtig los. Gegen Travis hatte ich überhaupt nichts in der Hand. Er hatte nichts getan. Ich war zum Schweigen verdammt. Doch gerade deshalb sann ich auf Rache. Rache an Travis und Carol. Diese gottverdammten Arschlöcher hatten mir einen Schlamassel eingehandelt, aus dem ich nun nicht mehr rausfand. Egal, mir würde schon etwas einfallen, womit ich ihnen dazwischenfunken könnte. Zuerst musste ich selbst wieder auf die Beine kommen.

Entschlossen wischte ich die Tränen ab, zog meine miefige Kleidung aus und stellte mich so lange unter die Dusche, bis kein heißes Wasser mehr aus der Brause kam. Ich warf ein weiteres Aspirin ein. Konnte nicht schaden. Nach einem Sandwich und einer eiskalten Cola aus dem Kühlschrank ging es mir zumindest körperlich deutlich besser. Ich war es halt nicht gewöhnt, Prügel zu beziehen, so was kannte ich nicht. Aber für viele Kids, die ich unterrichtete, gehörte Gewalt zum Tagesprogramm. Bloß weil ich bisher ein behütetes Leben ohne Schläge geführt hatte, musste ich mich jetzt nicht anstellen, als sei ich der einzige Mensch, der einmal eine gescheuert bekommen hat. So dramatisch war es nun auch nicht gewesen. Vermutlich. Ach, ich wollte nicht mehr daran denken. Verdrängung war manchmal eben doch die beste Option.

Ich rief Paul an, der nach dem ersten Klingeln das Gespräch annahm.

»Na endlich! Wo warst du denn so lange? Ich habe mir Sorgen gemacht! Weißt du eigentlich, wie oft ich versucht habe, dich zu erreichen? Ich hoffe, du hast eine sehr gute Begründung, denn auf so was stehe ich echt gar nicht.«

Ich atmete tief durch. Er hatte ja recht. Ich würde genauso ausrasten, wenn man mich so in der Luft hängen lassen würde. Dennoch blieb mir nichts anderes übrig, als zu lügen.

»Bist du fertig? Darf ich jetzt auch was sagen?«

»Ja.«

»Es tut mir echt leid, bitte entschuldige. Ich glaube, mich hat es richtig erwischt. Auf einmal war ich gestern so platt, das kannst du dir nicht vorstellen. Vielleicht war es ein Migräneanfall oder Fieber, ich habe keine Ahnung. Jedenfalls bin ich ins Bett gegangen und kam im wahrsten Sinne des Wortes nicht wieder raus. Ich bin nicht einmal auf die Toilette gegangen, habe nichts getrunken, nichts. Kannst du dir das vorstellen?«

»Nicht wirklich. Du wirst ja wohl die Möglichkeit gehabt haben, mal eben ans Telefon zu gehen, zumal du jetzt putzmunter klingst.«

»Ich konnte nicht, Paul! Vielleicht gehe ich morgen mal zum Arzt und lasse mich durchchecken.«

»Und warum nicht heute? Wenn ich mich so fühlen würde, wie du es beschreibst, würde ich keine Sekunde verlieren.«

»Weil Sonntag ist«, antwortete ich und glaubte mir langsam meine dämliche Geschichte fast schon selbst.

»Dann gibt es immer noch Krankenhäuser; die haben immer geöffnet. Soll ich dich abholen und ins Medical Center bringen?«

Ich tat, als würde ich über den Vorschlag nachdenken, machte *Hm* und seufzte. »Ach nee, aber lieb, dass du fragst. Erstaunlicherweise ist es jetzt auch viel besser. Ich bin nur schlapp und werde mich ein bisschen ausruhen, damit ich morgen wieder arbeiten kann. Das halbe Kollegium ist krank ... Genau, vielleicht habe ich mich ja auch dort angesteckt.«

»Dann musst du ja nicht die Einzige sein, die arbeitet, während alle anderen zu Hause bleiben.«

»Hör zu, Paul, ich weiß es einfach noch nicht, okay? Fakt ist: Es tut mir leid und ich entschuldige mich in aller Form bei dir. Angenommen?«

»Von mir aus«, brummte er schlecht gelaunt. »Und wann sehen wir uns?«

»Ich melde mich«, antwortete ich so anschmiegsam wie möglich.

Beleidigt beendete er das Gespräch. Ob unsere Beziehung überhaupt eine Zukunft hatte? Ich musste mir eingestehen, dass es mir egal war. Sogar scheißegal.

11

Der Montag begann mit einer Krisensitzung im Lehrerzimmer. Mein Chef war stinksauer, weil er mich am Wochenende nicht erreicht hatte, um über das weitere Vorgehen in Sachen Vito zu sprechen. Ich redete mich mit Unpässlichkeit heraus, behauptete, ich habe fast nonstop über der Kloschüssel gehangen, weil mir die Sache so auf den Magen geschlagen sei. Das war zumindest nicht komplett gelogen.

Vito würde die Schule verlassen. Das hatte unser Direktor Duchovny mit der Mutter abklären können. Ich hatte keine Ahnung, wie er es hinbekommen hatte, dass die Polizei nicht weiterermittelte, aber vermutlich funktionierten die Seilschaften in Kleinstädten wie dieser noch perfekt. Es stand der Ruf unserer Schule auf dem Spiel, da ging man schon mal unkonventionelle Wege.

»Der Alte hat unter Garantie das komplette Wochenende damit verbracht, jede einzelne Familie aufzusuchen, um sie zu besänftigen«, raunte meine Kollegin Alicia mir zu, während unser Chef uns verdeutlichte, dass im Grunde genommen nichts geschehen sei.

»Ist mir nur recht. Ich hoffe, er hat den Kids gute Noten versprochen. Ich habe nämlich keine Ahnung, wie ich sie jemals zur Ruhe bekommen soll nach diesem Vorfall«, flüsterte ich.

Es wurde in der Tat nicht leicht, aber irgendwas war hinter meinem Rücken geschehen, das sie weitestgehend besänftigt haben musste. Ich nahm mir zwei Schulstunden lang Zeit, um mit der Klasse über den schlimmen Vorfall zu reden. Vito, so erklärte ich, sei durchgedreht, habe aber keinem etwas zuleide tun wollen. Nun würde er in einer Gesprächstherapie lernen, mit seinen Aggressionen besser umzugehen, und zukünftig eine andere Schule besuchen. Ich ersparte mir Belehrungen über die Folgen von Mobbing, weil Mr. Duchovny es untersagt hatte. Würden wir den Kindern Vorwürfe machen, ließen sie es nicht auf sich sitzen – und wir könnten die Angelegenheit nicht unter den Teppich kehren.

»Ich denke, wir lassen dieses traurige Kapitel hinter uns und schauen nach vorn«, erklärte ich den Schülern und lächelte sie aufmunternd an. »Morgen haben wir ja unseren Wandertag. Das passt doch gut, um auf andere Gedanken zu kommen.«

»Echt geil«, echauffierte Norman sich. »Darauf freuen wir uns aber mal so richtig.«

Seine Kumpels stimmten ihm motzend zu. »Voll öde. Dabei penne ich garantiert ein.«

Ich verzichtete auf einen belehrenden Kommentar und war ausnahmsweise froh darüber, dass alles beim Alten war.

***

Irgendwie bekam ich den Tag bis zum Feierabend rum. Die Arbeit lenkte mich von meinen privaten Problemen ab, und in der Pause gerieten Norman und David-Lee sich dermaßen beim Körbewerfen in die Haare, dass Tim die beiden Streithähne nur mit Körpereinsatz voneinander trennen konnte. Jeder von uns schnappte sich anschließend einen der Jungs und verbannte sie in zwei leer stehende Klassenräume, wo wir sie zu Strafarbeiten volldonnerten. Der gesamte Akt war so anstrengend gewesen, dass ich für einige Zeit meinen Trouble vergessen konnte. Immerhin wurde es im Bauch wieder ruhiger, was mich sehr erleichterte.

»Bis morgen, Tim«, verabschiedete ich mich auf dem Parkplatz von meinem Kollegen und wollte in meinen Wagen einsteigen.

»Bis morgen. Denk an das Brot und die Butter.«

»Ach ja ...«, antwortete ich und verdrehte lächelnd die Augen. »Ich freu mich ja so sehr auf einen Tag mit unseren Lieblingen in der Oper. Sie werden Kultur bestimmt zu schätzen wissen!«

»Na ja, glücklicherweise ist es ja nur im Operngebäude. Ein Theaterstück über Johnny Cash werden sie verkraften. Allerdings finden sie den vermutlich uncool.«

»Mit Sicherheit.«

Grinsend setzte ich mich ins Auto und ließ Tim, der neben mir parkte, den Vortritt. Er fuhr davon, ich startete den Motor und legte den Rückwärtsgang ein. Irgendwas stimmte nicht, mein Wagen zog komisch nach rechts, aber ich maß dem keine besondere Bedeutung bei. Hatte ich mich wenige Minuten zuvor noch mit Schülergeschichten ablenken können, war ich nun mit den Gedanken wieder bei gestern. Einzelne Momente erschienen blitzartig vor meinem inneren Auge. Sätze, Wortfetzen ... Als würde ich mich an einen Traum erinnern, an den ich nur noch minimalste Erinnerungen hatte.

Was war das denn? Und was, verdammt noch mal, stimmte mit dem Auto nicht? Ich verließ das Schulgelände und wechselte auf die Straße, aber ständig musste ich gegenlenken, als ob hinten ein schwerer Gegenstand das Fahrzeug nach unten zog. Moment, vielleicht hatte ich einen platten Reifen? Ich fuhr rechts ran und betätigte den Warnblinker. Anschließend lief ich ums Auto. Tatsächlich, hinten rechts war kaum noch Luft im Reifen. Ich bückte mich und wurde schnell fündig: Man hatte ihn zerstochen, der Länge nach aufgeschlitzt. Der Riss war kaum zu übersehen.

Das waren bestimmt diese Rotzlöffel gewesen! Morgen würden sie als vorläufige Strafe links und rechts von mir während der Aufführung sitzen müssen, selbst wenn ich bis dahin keine Beweise hätte. Es gab für sie nichts Schlimmeres, als stundenlang neben einer Lehrerin auszuharren.

Ich griff nach meinem Handy und rief Paul an. Er drückte mich weg. Na, super. Natürlich war es möglich, dass er in einem Termin steckte und deswegen keine Zeit hatte. Es wäre aber genauso gut möglich, dass er es mir mit gleicher Münze zurückzahlte. Ich versuchte es bei meiner Kollegin Alicia, doch ihre Mailbox sprang an. Verdammt! Blieb mir nur noch der Pannendienst, wobei ich solche Dinge gern an meinen Vater oder meinen Freund abschob. Dass das nicht besonders emanzipiert war, wusste ich selbst. Außerdem war mein Dad eh nicht hier, und meinen Freund hatte ich wohl vergrault. Ich bedauerte den Umstand, nun eventuell keinen Kerl mehr zu haben, der mit einer Bohrmaschine umgehen konnte und der den Abschleppdienst rief, mehr als die verlorene Liebe. Schon bitter.

Genau in dem Moment, als ich nach einer Werkstatt googelte, hielt Travis hinter mir an. Das konnte nicht wahr sein! Der hatte Nerven!

»Hey, alles klar?«, fragte er, als sei nichts geschehen. Unfassbar.

»Nein, gar nichts ist klar. Was willst du denn schon wieder hier?« Ich drehte mich weg und bemühte mich, auf dem kleinen Smartphonedisplay etwas zu erkennen.

»Das ist purer Zufall. Ich will eigentlich weiter nach Lewisville. Aber dann sah ich dich hier stehen und dachte, ich halte mal an. Ist wohl kein Verbrechen, oder?«

Ich lachte bitter auf. »Nein, *das* ist kein Verbrechen«, murmelte ich. »Dann jedenfalls viel Spaß in Lewisville.«

»Warum bist du denn so zickig? Habe ich irgendwas falsch gemacht, Baby?«

»Nenn mich nicht in aller Öffentlichkeit Baby, wenn es möglich ist, ja? Ich habe einen Platten und gerade andere Dinge im Kopf. Wie komme ich nach Hause, und wer bringt meinen Wagen in eine Werkstatt?«

»Beides kein Problem, wenn du aufhörst, mich so anzublaffen. Ich kann dich abschleppen. Hast du einen Ersatzreifen?«

»Weiß ich doch nicht.« Mein Ton war immer noch zickig. »Okay. Warte.« Er öffnete meinen Kofferraum und fand, was er suchte. »Dann wollen wir mal, Lady.«

»Und was ist mit deinem Termin in Lewisville?«

»Den habe ich mir nur ausgedacht.«

Oh Mann. Ich war wirklich zu blöd, um diesen Angeber fortzujagen, aber was hätte ich auch tun sollen? Mein Auto war kaputt, und er wollte es reparieren. Jeder hätte an meiner Stelle so gehandelt. Dumm war es trotzdem.

***

Während er vor meiner Haustür meinen Wagen reparierte, schaute ich ihm dabei vom Küchenfenster aus zu. Ich wurde nicht schlau aus ihm. Warum half er mir? Er hatte nichts davon, und er schien mir nicht zu der Sorte Mann zu gehören, der anderen Menschen aus reiner Nächstenliebe eine Freude bereitete. Travis war berechnend und egoistisch. Dennoch zog er mich an. Es war nicht nur seine Attraktivität. Attraktiv war Paul auch. Nein, irgendwas hatte Travis an sich, das mich neugierig machte. Was verbarg er vor mir? Und was war in der Hütte am See geschehen? Ich verstand mich selbst nicht mehr. Anstatt ihn auf Abstand zu halten, ließ ich ihn in meine Wohnung. Ich riskierte, dass jeder, inklusive meines Partners, mitbekommen konnte, in welcher Beziehung ich zu Travis stand. Wobei das Blödsinn war – was hatte ein Reifenwechsel mit einer Affäre zu tun?

Ich öffnete das Fenster und rief ihm zu: »Du?«

Aus seiner knienden Position hob er erstaunt den Kopf und schaute, woher meine Stimme kam.

»Hier bin ich«, sagte ich, ein Lachen unterdrückend. Bloß keine zu vertrauliche Atmosphäre schaffen. Nun hatte er mich entdeckt.

»Hm? Was ist denn?«

»Hast du schon was gegessen?«, fragte ich. »Wenn du willst, bestelle ich uns eine Pizza. Als Dankeschön.«

»Gute Idee, ich habe einen Mordshunger. Mit Thunfisch, ohne Zwiebeln bitte.«

»Okay. Bis sie hier ist, bist du bestimmt fertig. Komm dann einfach rein.«

Ohne seine Antwort abzuwarten, zog ich das Fenster wieder zu. Mir fiel der miese Telefonservice von *Jake's Pizza* ein. Entweder hörte man einen Dauerbesetztton, oder die Aushilfe nahm die Order falsch auf und man bekam eine völlig andere Pizza geliefert als die, die man bestellt hatte. Online wäre hoffentlich die bessere Variante, weshalb ich meinen Laptop am Küchentisch startete. Eigentlich hatte ich nicht vorgehabt, meine E-Mails zu checken, doch der kleine Briefumschlag auf dem Bildschirm unten rechts zeigte mir den Eingang einer Mail an. *NJMiller*. Kannte ich nicht. Vielleicht Spam? Neugierig klickte ich auf die Nachricht. Carols Mann, auch das noch. Geschockt las ich, was Noah Jonathan Miller mir schrieb.

Hallo Britney, ich habe deine Mailadresse auf eurer Schulhomepage gefunden. Wir müssen unbedingt miteinander reden. Bitte verrate niemandem, dass ich dir geschrieben habe. Ich wähle extra diesen Weg, weil es mein Geschäftsaccount ist, auf den kein anderer Zugriff hat. Es betrifft C und T. Mehr möchte ich hier nicht sagen. Es ist wirklich wichtig. Du kannst ja erst mal schreiben, ob du zu einem Gespräch bereit bist. Am besten wäre ein Treffen an einem diskreten Ort. Gruß, Noah.

C und T. Damit konnte er nur Carol und Travis meinen. Ach du Scheiße, in was war ich da nur hineingeraten? Ich las die Zeilen wieder und wieder, bekam nicht mit, dass Travis inzwischen reingekommen und hinter mich getreten war. Wie auf frischer Tat ertappt, klappte ich das Notebook zu und fuhr herum.

»Schon fertig?«, fragte ich und spürte, dass ich rot wurde.

»Ja. Hast du schon bestellt?«

»Äh, nein, ich versuche es gleich noch mal, die haben Serverprobleme, nehme ich an. Ständig bin ich beim Bestellvorgang rausgeflogen.« Ich klappte den Laptop wieder auf und tippte wie eine Irre auf der Tastatur rum. »Jetzt geht es.« Prüfend musterte er mich, doch ich mimte die Coole. »Eine mit Thunfisch und ohne Zwiebeln, für mich eine mit Pilzen und Paprika. In dreißig Minuten sind sie hier.«

Es wurde eine Stunde daraus. Travis und ich bemühten uns, ein Gespräch aufzubauen, aber es gelang nicht. Stumm lungerten wir herum, und ich verfluchte meine bescheuerte Idee, ihn zu einer Pizza eingeladen zu haben.

»Guten Appetit.«

»Gleichfalls.«

Genüsslich fing er an zu essen und war gleichzeitig mit seinem Handy beschäftigt. Unhöflicher ging es nicht, aber ich war über jede Minute froh, in der ich ihn nicht beschäftigen musste. Mit rechts tippte er eine Nachricht, mit links wischte er sich den Mund ab. »Ich muss gleich los. Hat eh schon zu lange gedauert. Trotzdem danke für die Pizza, Britney.«

»Dein gelogener Termin in Lewisville, nehme ich an«, sagte ich zynisch und hätte mir am liebsten im selben Moment auf die Zunge gebissen. »Keine Ursache. Ich danke dir für deine Hilfe. Ohne dich wäre ich aufgeschmissen gewesen. Außerdem wäre ein Pannendienst kostspieliger als eine Pizza gewesen.«

Er warf mir einen seiner überheblichen Blicke zu, zerknüllte seine Serviette und warf sie achtlos auf den Tisch. »Nein, nicht der Termin in Lewisville. Ich finde allein raus.«

Achselzuckend blieb ich sitzen und sah ihm nach. Von meinem Platz aus hatte ich die Wohnungstür im Blick. Travis öffnete sie – und stieß fast mit Paul zusammen, der im Begriff war, auf die Klingel zu drücken.

»Oh, sorry«, nuschelte Travis und quetschte sich an meinem Freund vorbei, der Travis und mich abwechselnd erstaunt anguckte. »Britney ist drinnen.«

Er verschwand aus meinem Sichtfeld und ließ mich mit Paul allein, der überrumpelt eintrat. Verlegen wischte ich meine Hände am Pulli ab und erhob mich.

»Ich hatte einen Platten.«

Mir kam Baby in *Dirty Dancing* in den Sinn, die eine Wassermelone getragen hatte, was in etwa genauso sinnbefreit wie meine Erklärung war.

»Aha. Das war doch wieder dieser Typ, mit dem du im *Starbucks* warst, oder?«

»Ja, genau, Travis Mathewson. Der war quasi meine Rettung, weil er zufällig vorbeifuhr, als ich am Straßenrand stand. Ich hatte versucht, dich zu erreichen, aber da sprang nur deine Mailbox an.«

»Entschuldige, dass ich arbeiten musste. Ich bin kein Lehrer.«

»Wirklich witzig, Paul. Jedenfalls hat Travis mich abgeschleppt und den Reifen gewechselt. Dafür wollte ich mich revanchieren und habe eine Pizza spendiert. Das ist doch hoffentlich kein Problem für dich.«

Paul stützte sich mit beiden Händen an einer Stuhllehne ab und schaute mich feindselig an. »Wieso sollte es ein Problem für mich sein, wenn du mir eine unglaubwürdige Ausrede nach der nächsten präsentierst? Na? Fällt dir spontan keine passende Antwort ein?«

Ich schnappte nach Luft. »Das ist ja wohl die Höhe! Du bist doch nicht rangegangen, als ich Hilfe gebraucht hatte! Travis war da, also hat er es eben gemacht.«

»Ein toller Hecht, dein Travis«, schnaubte er verächtlich. »Soll ich jetzt auch noch ein schlechtes Gewissen bekommen?«

»Natürlich nicht. Aber seien wir mal ehrlich: Wärst du dazu in der Lage gewesen, einen zerstochenen Reifen zu wechseln? Wohl eher nicht.«

Wütend verschränkte ich die Arme. Auch wenn es ein bisschen ungerecht war, ging mir Pauls selbstgerechte Art gegen den Strich. Er konnte schließlich nichts von meinem Fehltritt wissen und musste davon ausgehen, dass ich Travis nur flüchtig kannte. Für ihn waren solche Bekanntschaften doch schließlich immer völlig normal gewesen. Er hätte sich nie eine gute Freundin von mir madigmachen lassen und stellte das regelmäßig klar.

»Deine Argumentationskette ist lächerlich und entbehrt jeglicher Grundlage«, dozierte er und stellte sich aufrecht hin. »Ich lasse mich nicht verarschen. Zuerst deine seltsame Migräneattacke oder welche Krankheit das auch immer gewesen sein soll, wegen der du nicht mal ans Telefon gehen konntest. Dann deine fadenscheinigen Begründungen, warum du keine Zeit hast. Und jetzt fällt mir an deiner Haustür dieser Spinner mit seinem gelben Ford Mustang quasi in die Arme. Ich hoffe, du glaubst selbst, was du für einen hanebüchenen Scheiß von dir gibst.«

»Dann denk halt, was du willst, Paul. Ich werde mich bestimmt nicht dafür rechtfertigen, wenn jemand bei mir erste Hilfe leistet.«

»Wie du meinst.«

Langsam drehte er sich um und ging ohne ein weiteres Wort. Ich hielt ihn nicht davon ab.

12

Einen diskreten Ort hatte ich mir irgendwie anders vorgestellt. Ein verlassener Bunker im Wald vielleicht oder ein abgelegener Parkplatz nahe einer Flugbahn. Meinetwegen auch in einem Waschsalon. Aber bestimmt nicht im Kinder-Spielbereich der einzigen Shoppingmall in Fairmont. Im *Five Lakes Center* konnte man alle paar Minuten jemandem über die Füße stolpern, den man kannte. Zumindest theoretisch. Wie sollte man hier ein vertrauliches Gespräch führen?

Noah und ich hockten auf blauen Plastikschemeln, die für kleine Körper gedacht waren, und streckten unsere Beine umständlich aus. Wenn man sie ganz lang machte, kippte man mit dem Po nach vorn. Beim Versuch, sie anzuwinkeln, tat das Steißbein weh. Was für eine bekloppte Idee, sich hier zu treffen!

»Also, was möchtest du mir denn nun berichten? Ich hatte einen harten Tag und möchte endlich nach Hause.«

»Das verstehe ich, zumal es mir zeitlich auch nicht gut passt. Carol war ganz schön misstrauisch, dass ich um diese Uhrzeit unbedingt neue Sneaker brauche. Das habe ich ihr nämlich erzählt.«

»Aha.«

Ich schenkte ihm einen betont gelangweilten Blick, dabei war ich extrem neugierig auf Noahs geheimnisvollen Infos. Erledigt von meinem Arbeitstag war ich allerdings wirklich. Wir waren mit vier Schulklassen bei der Theateraufführung über Johnny Cashs Leben gewesen, was eigentlich für niemanden Spaß bedeutete – weder für die Lehrer noch für die Schüler. Teenager im Jahr 2017 können nichts mit Songs wie *Ring of Fire* und *I walk the Line* anfangen. Bestenfalls freuen sie sich einige Sekunden lang, weil sie die Lieder schon mal bei ihrem Dad im Auto gehört haben. Meistens jedoch finden sie sie einfach uncool und peinlich. Meine Idee, links und rechts von mir die beiden Satansbraten Norman und David-Lee zu positionieren, verfluchte ich nach wenigen Minuten. Ständig musste ich sie ermahnen, weil sie ekelerregende Körpergeräusche von sich gaben (»Mrs. Berenson, welche Strafe gibt es, wenn ich das Alphabet rülpse?«) oder krümelten mich mit Nachos voll (»Da war nur ein Schild, auf dem stand, dass man nichts *trinken* darf. *Essen* ist nicht verboten.«). Ich beneidete meine Kollegen, die klüger gewesen waren und sich so weit weg wie möglich von den Schülern gesetzt hatten. Ich würde meinen pädagogischen Übereifer zukünftig drosseln.

Noah drehte die Sonnenblende seiner Baseballkappe nach hinten und beugte sich vor, um in seinem Rucksack rumzukramen. Unruhig schaute ich nach links und rechts. Ich hatte keine Lust, auf Eltern zu treffen, die gleich Zeuge einer Drogenübergabe wurden. Oder nach was wühlte Carols Mann da hektisch herum?

»Ich habe den Zettel so oft zusammengefaltet, dass er tief in die Tasche gerutscht ist. Gleich habe ich ihn. Ah, hier …«

Triumphierend hielt er mir ein Blatt Papier vor die Nase. Die Kopie eines handgeschriebenen Briefs.

»Von wem ist der?«, fragte ich, griff nach dem Zettel und begann zu lesen. Meine Augen flogen zum Ende des Briefs. *1000 Küsse, C.* Ein Liebesbrief von Carol also.

»Von meiner Frau. Aber nicht an mich. Großartig, nicht wahr?«

»Soll ich den komplett lesen? Ist das nicht zu privat? Hast du den Brief gefunden oder was?«

»Er lag in einer Schublade und war vermutlich nicht für meine Augen gedacht. Aber es handelt sich hier immerhin um meine Ehefrau, die einem anderen Mann einen Liebesbrief geschrieben hat. Den werde ich wohl unter die Lupe nehmen dürfen.«

Warum ich den Moralapostel spielte, wusste ich selbst nicht so genau. Immerhin hatte Carol mich bedroht und getreten. Wahrscheinlich war es der Gerechtigkeitsfanatiker in mir. Typisch Lehrer eben, immer im Job und am Klugscheißen.

»Dass du ihn liest, kann ich ja noch nachvollziehen. Aber warum zeigst du ihn mir?«

»Weil ich verstehen will, was ihr Frauen an diesem Typen findet. Du kennst den schließlich auch.«

»Wen?«, fragte ich, obwohl mir völlig klar war, dass er Travis meinte. Nicht klar war mir allerdings, weshalb Noah davon wusste.

»Diesen Kotzbrocken Travis Mathewson, der meine Frau bumst.«

Wortlos richtete ich meine Augen aufs Papier und las den Brief, während vor uns ein kleiner blonder Junge zuerst seine Hose und anschließend seine Windel auszog.

Baby,

ich bin immer noch total durcheinander, weil du Gefühle in mir weckst, die ich längst vergessen hatte. Mit dir ist alles leicht und unbeschwert, einfach sorgenfrei. Zumindest bis gestern fühlte es sich so an für mich, als du auf einmal dichtgemacht hast. Dabei wollte ich nur wissen, wie eng die Beziehung zwischen deiner Frau und dir noch ist. Ist diese Frage nicht legitim? Ich jedenfalls würde gern mit dir über meine Ehe reden. Natürlich nur, wenn du magst. Ach, ich weiß auch nicht, was ich dir eigentlich sagen will. Vielleicht, dass du mich sehr glücklich machst und ich dich unter keinen Umständen verlieren will. Bitte melde dich! 1000 Küsse, C

Hm. Ich runzelte die Stirn und gab Noah den Brief zurück.

»Und nun? Das hat nicht das Geringste mit mir zu tun, es ist eure Privatsache. Außerdem leuchtet mir nicht ein, warum sie ihren eigenen Brief aufbewahrt. Und ein Name steht auch nicht drauf. Sorry, aber das ergibt alles überhaupt keinen Sinn für mich.«

Aufgeregt fuchtelte er mit dem Papier herum. Der kleine Junge war inzwischen nackt, was keinen Menschen zu stören schien. Seelenruhig spielte er mit einem Stoffball.

»Vielleicht hat sie sich nicht getraut, den Brief abzuschicken und ihn versehentlich aufbewahrt. Oder er hat ihn ihr zurückgegeben. Was weiß ich? Das spielt doch überhaupt keine Rolle!« Aufgeregt funkelte er mich an.

»Aber was spielt eine Rolle? Was willst du von mir, Noah? Es tut mir leid, dass Carol sich offenbar in jemand anderen verliebt hat, aber so gut kenne ich sie leider gar nicht. Ich glaube, du musst mit ihr darüber reden, nicht mit mir.«

»Das habe ich doch schon«, entgegnete er niedergeschlagen. »Okay, nicht über diesen Brief. Sie weiß nicht, dass ich ihn gefunden habe. Aber über diesen Typen, mit dem sie die Affäre hat. Sie lügt mich an, das merke ich ganz genau! Sie sagt, dass es vorbei ist, aber das stimmt nicht!«

Er tat mir leid, doch mehr noch tat ich mir leid. In welchen Schlamassel war ich da nur reingeraten?

Was ging mich das alles überhaupt an? Gar nichts. Dennoch war ich gut erzogen und versuchte, den gehörnten Ehemann zu trösten.

»Von wann ist denn der Brief?«, fragte ich sanft.

»Weiß ich doch nicht«, jammerte er. »Ich weiß nur, dass die beiden miteinander im Bett waren. Sie sagt, es war ein einmaliger Ausrutscher, aber jetzt habe ich diese Zeilen gefunden – und das klingt ja wohl absolut nicht nach einmaligem Ausrutscher, oder?«

»Nee, nicht wirklich«, gab ich zu. »Und wann war das, wenn die Frage nicht zu indiskret ist?«

»Kein Problem. Im Sommer, also vor zwei oder drei Monaten. Glaube ich zumindest. Keine Ahnung, ob das nicht schon viel länger geht. Vielleicht hat die heilige Carol mit mir und den Kindern unterm Weihnachtsbaum gesessen und zwischendurch auf dem Klo verliebte Nachrichten an ihren Lover geschickt.« Er wischte sich mit dem Handrücken über die Augen. Gleich würde er anfangen zu heulen.

»Mit der heiligen Carol meinst du, dass sie nach außen perfekt wirkt?«, hakte ich nach. Fies von mir, aber ich konnte es mir nicht verkneifen.

»Findest du das also auch?« Er drehte sich um und sagte zu einer jungen Frau, die hinter uns mit ihrem Handy beschäftigt war: »Könnten Sie bitte Ihrem Kind die Windel wieder anziehen? Es stinkt!«

Gelangweilt hob sie den Kopf und meinte: »Das ist nicht mein Kind, ich bin nur das Au-pair. Außerdem ist das eine Kinderecke.«

Noah schüttelte genervt den Kopf und wandte sich wieder an mich. »Carol legt unglaublichen Wert darauf, gut rüberzukommen. Alle sollen sehen, wie super sie ihr Leben hinbekommt. Zwei Kinder, ein Mann, ein Haus und ein Job – das totale Klischee.«

»Auf das zumindest ich reingefallen bin«, gestehe ich. »Ich habe sogar geheult, als ich euch kennengelernt habe. Heimlich.«

Erstaunt starrte er mich an. »Geheult? Das verstehe ich nicht.«

»Weil ich so neidisch und traurig war. Jede Frau will das, was Carol hat, auch wenn sie das nicht zugibt. Okay, vielleicht noch zusätzlich einen besseren Job, aber ansonsten würde ich eben auch gern Kinder haben und einen Mann und einen Garten voller Spielgeräte.«

»Ah, so meinst du das. Hm, unser Garten ist aber nicht voller Spielgeräte. Carol findet so was unordentlich und räumt immer alles gleich wieder weg. Na ja, jedenfalls kannst du jetzt beruhigt sein und deine Traurigkeit getrost über Bord werfen. Offenbar ist Carol nicht halb so glücklich, wie es andere Frauen von ihr erwarten würden. Sonst hätte sie es nicht nötig, mit einem anderen Kerl rumzumachen, der ebenfalls verheiratet ist. Ich kapier's nicht. Wir haben doch alles, und ich reiß mir bei der Arbeit den Arsch auf, damit es unseren Kindern gut geht. Madame kann ja nur ein bisschen jobben, um Zeit für die Familie zu haben. Tja, nun ist mir klar, wozu sie ihre wertvolle Zeit außerdem benötigt.«

Ich ließ seine Worte einen Moment sacken, bevor ich das Thema wechselte, weil ich langsam keine Lust mehr hatte, als Eheberaterin zu fungieren.

»Wie kommst du eigentlich auf mich? Also ich meine wegen … dieses Mannes?«

»Weil Carol mir das gesagt hat.«

»Was hat sie gesagt? Dass ich ihre Affäre date? Wie schräg ist das denn?«

»So ähnlich. Ich glaube ja eh, dass sie mich anlügt, deswegen betrachtete ich es zuerst auch nur als blöde Ausrede. Sie meinte, das zwischen ihr und diesem Mistkerl habe keine Bedeutung, und außerdem wäre er längst mit dir beschäftigt … Genau, sie benutzte diese Formulierung: Er ist längst mit Britney Berenson beschäftigt. Ich glaubte ihr das nicht – oder anders formuliert, es war mir egal, weil ich mich nicht für dich, sondern für Carol interessierte. Aber als du dann vor unserer Haustür standst und dieser Idiot mit seiner bescheuerten Karre auch dort rumlungerte, merkte ich, dass sie wohl recht hatte mit ihrer Behauptung.«

»Ich kannte ihn im Sommer noch gar nicht. Was erzählt die denn für einen Quatsch?« Wütend stand ich auf und schüttelte meine eingeschlafenen Beine aus. »Was deine Frau für ein Problem mit mir hat, ist mir schleierhaft. Neulich im Club, als ich mit ihr tanzen war, hat sie mich urplötzlich angeschnauzt.« Ich hielt inne. Na klar, da war es auch um Travis gegangen. »Schon zu dem Zeitpunkt fragte ich mich, was bei ihr schiefläuft. Solche Stimmungsschwankungen sind doch nicht normal. Vielleicht leidet sich unter Wahrnehmungsstörungen. Nur fürs Protokoll: Ich bin nicht verheiratet wie sie und daher auch niemandem zur Rechenschaft über mein Liebesleben verpflichtet. Carol muss die Schuld nicht bei wildfremden Personen suchen, wenn sie selbst fremdgeht. Immerhin kannten wir uns damals noch gar nicht. Sie ist eine selbstgerechte Lügnerin!«

»Ich muss doch sehr bitten«, meckerte Noah, drehte sein Käppi wieder um und erhob sich ebenfalls umständlich.

Genervt rollte ich mit den Augen. Das war doch wohl die Höhe. Sich erst über seine Ehekrise auskotzen, aber wenn ich Partei ergriff, passte es dem komischen Vogel auch wieder nicht. Dieses seltsame Paar konnte mich mal kreuzweise. Und Travis auch. Paul ebenfalls. Ganz Fairmont ging mir auf den Geist!

»Ich denke, wir kommen an dieser Stelle nicht weiter«, erklärte ich in belehrendem Ton. Für die Nebenwirkungen meines Berufs konnte ich nichts. »Beenden wir das also einfach. Schade um meinen Feierabend, aber jetzt bin ich wenigstens ein bisschen schlauer. Oder auch nicht.«

Wir nickten uns knapp zu und gingen in unterschiedliche Richtungen fort. Wäre ich bloß nicht auf Jennas blöde Geburtstagsparty mitgegangen, damit hatte der ganze Mist doch erst angefangen.

13

Warum ging Carol bereits im Sommer davon aus, dass ich was mit ihrem heiß geliebten Travis anfangen würde? Äußert merkwürdig. Unruhig wälzte ich mich im Bett von einer Seite auf die andere. In den vergangenen Tagen und Wochen war so viel passiert, dass ich kaum noch hinterherkam. Über ein langweiliges Leben konnte ich mich neuerdings jedenfalls nicht mehr beschweren. Doch war es das alles wert? Immerhin hatte ich nebenbei mit Paul Schluss gemacht und war nun wieder Single. Oder hatte er mit mir Schluss gemacht? Zumindest er wäre sich da garantiert sicher; welcher Mann würde schon freiwillig zugeben, dass man ihm den Laufpass gegeben hatte?

Er fehlte mir nicht im Geringsten, selbst abends allein im Bett nicht. Draußen tobte ein ungemütlicher Herbststurm und wehte Zweige und Blätter ans Schlafzimmerfenster. Gruselig und gemütlich zugleich. Gedankenverloren beobachtete ich die Schatten und Umrisse an der Gardine und döste ein.

Plötzlich ertönte ein lauter Knall, weil etwas durch die Fensterscheibe flog. Panisch zuckte ich zusammen und zog die Decke über den Kopf. Was war das denn? Von draußen pfiff der Wind ins Zimmer. Oh nein, die Scheibe war tatsächlich kaputt! Das konnte doch unmöglich ein Ast gewesen sein, es klang nach einem richtigen Wurfgeschoss. Als hätte jemand einen großen Stein geworfen. Ängstlich hielt ich den Atem an und ließ langsam die Decke runtergleiten, damit ich etwas sehen und hören konnte. Mit zitternden Fingern krallte ich mich am Saum der Decke fest und schaute mich hektisch im Zimmer um.

Die zugezogenen Vorhänge flatterten wild durch die Luft und erzeugten Geräusche, als flögen Fledermäuse durch den Raum. Machten die überhaupt Geräusche? Verdammt, ich zwang mich, ruhig zu bleiben und nicht kopflos zu handeln. Falls ich aufstünde, befände ich mich mit dem Kopf direkt vorm Fenster. Was, wenn noch weitere Gegenstände reingeworfen würden? Mit zusammengekniffenen Augen suchte ich von meiner immer noch liegenden Position aus den Teppichboden ab, was wegen der Dunkelheit nicht so leicht war. Nur der schwache Schein einer Straßenlaterne sorgte für einen schmalen Lichtkegel, wenn die Gardine zur Seite wehte. Von draußen war außer des Windes und des herumfliegenden Gestrüpps nichts zu hören. Kein Auto, keine Stimmen, nichts.

Blödsinnig, nicht endlich aufzustehen. Vorsichtig bewegte ich mich aus dem Bett und tapste langsam in

Richtung Tür. Ein Schritt, noch ein Schritt, noch einer ... Mit dem großen Zeh kam ich an einen großen Gegenstand, der da definitiv nicht hingehörte. Ich bückte mich und sammelte den faustgroßen Stein auf. Das war ein ganz schöner Brocken, den man mir vor die Füße gedonnert hatte – was passiert wäre, wenn mich das Teil getroffen hätte, wollte ich mir lieber nicht ausmalen. Nachdenklich begutachtete ich das Fundstück. Es enthielt weder eine Botschaft noch irgendwelche Zeichen. Ein stinknormaler Stein, der mit Karacho in meine Wohnung geschmissen worden war. Warum?

Ich traute meinen Schülern ja so einiges zu, aber langsam bekam ich Zweifel an meiner eigenen Urteilsfähigkeit. Norman und David-Lee hatten im Opernhaus immer wieder betont, wie *voll unfair* und *echt abgefuckt* ich handele, denn sie schworen *beim Leben meiner Mutter,* den Reifen nicht zerstochen zu haben. Doch sie schworen so einiges, wenn der Tag lang war, deshalb hatte ich sie nur wegen ihrer Wortwahl ermahnt und ihren Bekundungen keine weitere Beachtung geschenkt. Wer sonst außer Schülern, die mich nicht ausstehen konnten, sollte Interesse daran haben, mein Eigentum zu zerstören?

Ich schaltete entschlossen die Deckenlampe an und ging durchs Zimmer, um die Vorhänge zu öffnen. Mist. Das Fenster war dahin. Der Stein war genau durch die Mitte geflogen, sodass ein großes Loch entstanden war, das sich mit Zacken und Kanten in alle Richtungen ausbreitete. Für so was gab es Versicherungen.

Und natürlich die Polizei. Dieses Mal würde ein Gang zum Schuldirektor wie zuvor beim zerstochenen Reifen wohl kaum sinnvoll sein.

Mit selbstbewusster Stimme rief ich nach draußen in die Nacht: »Hallo? Ist da wer? Hallo?«

Doch natürlich erhielt ich keine Antwort. Na prima. Abgesehen davon, dass ich nur mit Mühe und Not meine Angst im Zaum halten konnte, war nicht davon auszugehen, in Fairmont von heute auf morgen an ein neues Fenster zu kommen. Wahrscheinlich würde man die gesamte Glasfläche mit einem riesigen Stück Pappe und Folie überkleben. Ich rechnete mit einigen Nächten auf der Couch.

Wütend griff ich zum Telefon und rief den Notruf 911 an. Ich musste keine drei Sekunden warten, bis sich eine freundliche Männerstimme meldete.

»Notruf, guten Abend. Was können wir für Sie tun?«

»Guten Abend, Sir. Bei mir ist vorhin ein großer Stein durchs Fenster geflogen. Er ist etwa zwei Meter vor meinem Bett gelandet. Ich lag bereits im Bett und war im Begriff, einzuschlafen. Das Fenster ist zerstört. Britney Berenson ist mein Name. Ich wohne in der Tilden Street 105.«

»Okay, Ma'am. Sind Sie allein?«

»Ja, bin ich.«

»Haben Sie etwas Verdächtiges gehört oder gesehen? Jemand, der ums Haus schleicht, oder Schritte, als man sich von Ihrem Haus entfernte?«

»Nein, gar nichts. Es kam total plötzlich und aus

dem Nichts. Ich blieb noch einige Minuten im Bett liegen und habe mir die Decke über den Kopf gezogen, weil ich mich fürchtete. Aber da nichts geschah, bin ich dann aufgestanden und habe nach draußen durch das Loch in der Scheibe gerufen, ob da jemand sei. Fehlanzeige.«

»Und Sie haben keinen Verdacht, um wen es sich bei dem Übeltäter handeln könnte?«

»Ich bin Lehrerin an der örtlichen Highschool. Neulich hat man mir während meiner Unterrichtszeit einen Reifen aufgeschlitzt, als mein Wagen auf dem Schulparkplatz stand.«

»Und abgesehen von dem Vorfall an Ihrer Schule?«

Ich schwieg tatsächlich. Das Thema Amoklauf war keines, so viel hatte ich längst begriffen – genau wie dieser Officer, der sich räusperte und schnell zurück zum eigentlichen Grund meines Anrufs kam. »Na, dann muss ich heute Nacht ja niemanden mehr rausschicken. Sie können Ihre Anzeige morgen ab sieben Uhr im Office abgeben, dann geht alles seinen Gang.«

»Ähm, ich weiß nicht recht. Ist das nicht etwas gefährlich? Ihr Name ist …?«, fragte ich unsicher. Ich sollte jetzt einfach abwarten und gar nichts tun? Und wenn nun jemand durchs Fenster einstieg? Sicher in meinen eigenen vier Wänden fühlte ich mich gerade wahrlich nicht.

»Officer Michael Stamper, Ma'am. Wenn Sie darauf bestehen, schicke ich zwei Kollegen raus, das kann aber eine Weile dauern. Vor einer halben Stunde ist ein schwerer Verkehrsunfall gemeldet worden. Und bei Ihnen ist es ja so nicht dringlich, dass ich Verstärkung ranholen müsste. Ich denke, es handelt sich bei Ihrem Fall um Schülerstreiche.«

»Bei allem Respekt, Officer Stamper, aber es könnte ja auch sein, dass es kein Schüler war. Und selbst wenn doch, dann könnten diese unter Umständen noch mehr Mist anstellen.«

»Heute Nacht bestimmt nicht mehr, Mrs. Berenson. Gehen Sie lieber schlafen, wäre mein gut gemeinter Rat. Aber wie gesagt: Ihre Entscheidung.«

»Vermutlich haben Sie recht. Man wird den Steinewerfer vermutlich eh nicht jagen.«

»Davon können Sie ausgehen.«

»Haben Sie vielleicht einen Tipp, was ich mit meinem Fenster anstelle? Wie machen das denn andere Leute in solchen Fällen?«

»Falls Sie einen Karton zu Hause haben, würde ich den auseinanderreißen und die Bruchstelle großflächig zukleben. Mit einem dicken Pack- oder Isolierband.«

Klar, so was hatte ich natürlich in jeder Schublade rumliegen ... Ich bedankte mich artig, beendete das Gespräch und zog mir einen Mantel und Stiefel über den Pyjama, um draußen nach dem Rechten zu sehen. Das wäre ja noch schöner, wenn ich mir von solchen Mistkröten Angst einjagen lassen würde. Ab sofort wollte ich die Dinge selbst in die Hand nehmen.

14

Mein erster Weg am nächsten Tag führte mich zur Polizei. Ich hatte mich in der Schule krankgemeldet, weil mir langsam, aber sicher alles über den Kopf wuchs. Irgendwie ließ ich die Schüler zwar mit meinem Fernbleiben im Stich, aber vielleicht täte beiden Seiten eine kleine Auszeit voneinander sogar ganz gut. Mein Chef sah das offenbar ähnlich, denn er beschwerte sich nicht.

Nur eine Woche, nahm ich mir vor. Ich würde mich eine Woche lang um mein Privatleben kümmern, um anschließend mit voller Kraft zurück an den Arbeitsplatz kehren zu können. Es bedurfte nur eines Anrufs beim Arzt, um ein Attest zu bekommen. Als Lehrerin hat man es wegen der psychischen Belastung ohnehin leicht. Wenn man dann auch noch einen Amoklauf vereitelt, einen aufgeschlitzten Autoreifen und eine eingeschmissene Fensterscheibe vorweisen kann, gibt es gar keine Probleme mehr. Allerdings hatte ich nur ein siebentägiges Anrecht pro Jahr auf bezahlte Krankheitstage.

Ich wollte die Sache mit dem Stein nicht unter dem Deckmantel des Schweigens verbergen. Hier in Fairmont schien man gern die Dinge auf sich beruhen zu lassen, was mir manchmal durchaus gelegen kam. Aber ich konnte doch nicht immer nur wegschauen und mir alles gefallen lassen. Nein, so wollte ich nicht werden.

»Guten Tag, mein Name ist Britney Berenson. Ich möchte eine Anzeige gegen unbekannt erstatten«, erklärte ich im Police Department einem Polizisten hinterm Tresen. »Ich hatte heute Nacht bereits mit Officer Stamper telefoniert. Jemand hat mir einen Stein durchs Fenster geworfen.«

»Ah, ja, ich weiß Bescheid. Ich habe das Protokoll der letzten Nacht gelesen«, sagte der Mann. »Mein Kollege hat jetzt Feierabend, deswegen können Sie bitte da vorn Ihre Anzeige abgeben. Dritte Tür hinten im Flur.«

»Okay, danke.«

Ich ging über dunkelgrauen Teppichflor, vorbei an einem Getränkespender, und klopfte an die entsprechende Tür.

»Ja, bitte«, ertönte eine weibliche Stimme.

Im Raum angekommen, lachte ich erfreut auf – hinterm Schreibtisch saß die Polizistin, mit der ich in der Schulkantine gequatscht hatte.

»Hallo, das ist ja eine Überraschung, Inspector Shore!«

»Hallo Mrs. Berenson, wie nett! Ach, nennen Sie mich bitte einfach Emily.«

»Gern. Und Sie mich Britney.«

»Was führt Sie zu mir, Britney? Ist es wegen des Jungen? Ich hoffe doch, unser Plan geht auf, und Eltern und Schule halten die Füße still. Oder gibt es Probleme?« Sie erhob sich und ging zu einem Sideboard. »Auch einen Kaffee?«

»Ja, bitte.« Während Emily Kaffeekapseln in die Maschine steckte, fuhr ich fort. »Nein, es ist nicht wegen Vito. Schwer zu glauben, ich weiß, aber bei mir haben sich noch nicht mal aufgebrachte Eltern gemeldet. An meiner alten Schule wäre das undenkbar gewesen. Die hätten einen wahnsinnigen Wirbel veranstaltet.«

»Tja, Ihr Direktor Duchovny hat seine Schäfchen im Griff ...«, deutete sie süffisant grinsend an. »Willkommen in der Provinz. Hier kennt jeder jeden. Man weiß eben nicht, was am Stammtisch gemauschelt wird, schätze ich. Manches möchte man vermutlich auch gar nicht wissen.«

Ich nickte nachdenklich. »Da haben Sie wohl recht. Allerdings gibt es auch Grenzen. Ich will mich ja nicht zum Moralapostel aufspielen, aber mir reicht es bald.«

»Oh, was ist denn los?«

Erschrocken kam sie mit einem gefüllten Becher zu mir. Dankbar nahm ich ihn an.

»Ich bin hier, weil ich eine Sachbeschädigung anzeigen will. Irgend so ein Idiot hat letzte Nacht mein Fenster zerdeppert.«

»Ach, Sie waren das! Ich habe nur kurz heute in der Früh das Protokoll überflogen, aber Ihren Namen wohl nicht gesehen. Oh, verdammt, das gibt es doch nicht. Sie bekommen es ja zurzeit wirklich dicke.«

»Allerdings. Und ich weiß überhaupt nicht, wer das gewesen sein könnte. Bislang war mein Leben total unspektakulär – und auf einmal bin ich die Hauptdarstellerin eines Krimis.«

Ich lachte gekünstelt. Unter keinen Umständen wollte ich Emily von Travis und Carol erzählen. Auch wenn sie wirklich sympathisch wirkte, war sie nun mal eine Polizistin, die ihren Job zu erledigen hatte. Das durfte ich nicht vergessen. Ich musste unbedingt besonnen bleiben. Nachdenklich nippte sie an ihrem Kaffee.

»Echt ungewöhnlich. Ich hatte Ihnen ja neulich schon erzählt, dass hier neuerdings der Bär steppt. Die Vergewaltigung, der Amoklauf, jetzt der Steinwurf …«

»Ach ja, die Vergewaltigung!«, entfuhr es mir. »An die hatte ich vor lauter eigenem Trouble gar nicht mehr gedacht.«

»Mussten Sie ja auch nicht, das hat schließlich nichts mit Ihnen zu tun. Sie hatten genug um die Ohren. Wir sind mit unseren Ermittlungen noch kein Stück weiter und tappen absolut im Dunkeln. Möglicherweise ist der Täter längst über alle Berge verschwunden. Aber vielleicht befindet er sich auch ganz in der Nähe. Wir geben uns alle Mühe, das herauszufinden.«

Meine kaputte Fensterscheibe geriet zur Nebensache. Mir wurde heiß und kalt. Auf einmal war ich Feuer und Flamme, mehr über die Vergewaltigung herauszubekommen. Es musste mir gelingen, Emilys Vertrauen zu gewinnen, damit sie mir noch mehr verriet. Sie durfte nur nichts davon erfahren, dass ich möglicherweise mehr mit der Angelegenheit zu tun hatte, als mir lieb war.

»Was war da noch mal genau passiert? Der Typ hatte die Frau in ihrer Wohnung betäubt und dann sexuell missbraucht?«

»Genau. Mit K.-o.-Tropfen. Sie haben bestimmt schon mal davon gehört.«

»Klar, wir warnen die Schüler regelmäßig davor. Wenn man bedenkt, dass man heutzutage noch nicht mal mehr unbedarft in einem Club einen Drink bestellen kann ... Da hatten wir es früher eindeutig besser. Wer macht sich schon Sorgen, dass jemand etwas ins Getränk mischt?«

»Eine Zeit lang war ich wegen meines Jobs sogar so verrückt, ständig ein Teststäbchen in der Handtasche mit mir rumzuschleppen«, ergänzte sie lachend.

»Ernsthaft? Und das Ding haben Sie in Ihren Cocktail gesteckt?«

»Richtig. Es gibt extra Schnelltests, anhand derer man erkennen kann, ob ein Getränk gefährliche Substanzen enthält. Aber nach einiger Zeit erschien das selbst mir zu paranoid. Jetzt könnte man mich theoretisch wieder zur Strecke bringen, weil ich alles unbedarft trinke.«

Oh ja, mich auch. Unheilvolle Gedanken machten sich in meinem Kopf breit.

»Beverly Pace hätte von so einem Teststreifen aber eh nichts gehabt. Sie ist ja überwältigt worden und konnte gegen das gewaltsame Einflößen des narkotisierenden Serums nichts ausrichten.«

Beverly Pace, hämmerte ich mir den Namen ein. Beverly Pace. Ich durfte ihn unter keinen Umständen vergessen.

»Ja, klar«, sagte ich und bemühte mich, mir die innere Aufregung nicht anmerken zu lassen. »Und als sie ruhiggestellt war, hat er sie vergewaltigt?«

»Sexueller Missbrauch, ja. Er hatte ihr zuvor Fesseln angelegt, vermutlich dicke Seile, mit denen er das Opfer am Stuhl festband. Mehr Werkzeuge hatte er jedenfalls nicht am Tatort zurückgelassen. Sie konnte sich nicht daran erinnern. Durch das Narkosemittel sind Erinnerungslücken entstanden; das ist nicht ungewöhnlich.«

»Furchtbar. Dagegen ist mein Stein ein Klacks.«

»Tja, das stimmt einerseits. Andererseits hätte er auch Ihren Kopf treffen können – dann würden Sie hier jetzt nicht sitzen. Also, lassen Sie uns die Anzeige aufnehmen, um das Schwein zu erwischen. Vielleicht haben wir ja ausnahmsweise Glück.«

***

Kaum war ich bei der Polizei fertig, eilte ich zu meinem Wagen und fuhr nach Hause. Ich widerstand der Versuchung, bereits auf dem Parkplatz mithilfe des Smartphones zu googeln, aber ich befürchtete, dass Emily mich von ihrem Bürofenster aus dabei beobachten könnte. Natürlich könnte ich auch etwas Harmloses an meinem Handy machen, was der Polizistin vollkommen gleichgültig gewesen wäre. Doch ich wollte nichts Harmloses rausfinden, sondern das Vergewaltigungsopfer aufspüren.

Ich war schon total paranoid. Schloss meine Haustür doppelt ab, zog die Vorhänge zu und kontrollierte im Schlafzimmer, ob niemand an meiner provisorischen Pappkartonverblendung rumgefummelt hatte. Sah allerdings nicht so aus. Das Handwerksunternehmen hatte sich für nachmittags angekündigt, was auch Zeit wurde. Hier konnte man sich nicht mehr sicher fühlen – schon gar nicht mit dem Wissen, dass ein Straftäter auf freiem Fuß herumlief und in die Wohnungen alleinstehender Frauen einbrach. Bei mir hätte der Kerl dank des Fensters freie Bahn.

Ich zögerte kurz. Durfte man am helllichten Tag eine Flasche Weißwein köpfen? Ach, egal, in Filmen taten das verzweifelte Frauen auch. Ich fühlte mich zwar nicht richtig verzweifelt, aber ziemlich durch den Wind. Ein Gläschen konnte nicht schaden. Im Kühlschrank lag seit Wochen eine Pulle mit um den Flaschenhals gewickeltem Kräuselband. Ich schenkte mir ein und setzte mich gespannt vor den Computer.

Ich fand Beverly Pace mit einem Klick. Es gab weit und breit keine weitere Person mit diesem Namen. Sie wohnte in einer Gegend, die ich nicht kannte. Fotos von ihr gab es im Internet keine. Meine Recherche ergab, dass sie mit einem Autohausbesitzer verheiratet war und mindestens eine Tochter hatte, die im Familienbetrieb mitarbeitete. Clarissa. Ach Gottchen. Clarissa und Daddy lächelten souverän und mit Goldschmuck beklunkert von der Firmenhomepage. Beverly musste also schon etwas älter sein, sonst wäre sie nicht Mutter eines erwachsenen Kindes. Mein Misstrauen wuchs. Verrannte ich mich da in etwas? So, wie ich mir Beverly Pace vorstellte – eine elegante Mittfünfzigerin mit Perlenkette und weißem Chanel-Kostüm –, gab es keine Gemeinsamkeit zu Travis, Carol oder mir. Jemand anderes musste die betuchte Dame überfallen haben. Vielleicht hatte der Eindringling ursprünglich nur bei ihr einbrechen wollen. Den Safe knacken, teure Gemälde von der Wand stehlen, Perserteppiche aufrollen und in die Ladefläche eines weißen Kastenwagens schmeißen. Erst als Beverly ihn bei seinem Tun überraschte, nutzte er die Gelegenheit und schändete sie.

So war es bestimmt gewesen. Ich hätte mich bei Emily erkundigen sollen, ob der Triebtäter etwas hatte mitgehen lassen, aber als ich in ihrem Büro gewesen war, konnte ich noch nicht ahnen, dass Beverly Pace eine wohlhabende Unternehmergattin war.

15

Bereits seit einer Viertelstunde lungerte ich vorm Haus von Beverly Pace herum, spazierte die Straße auf und ab und studierte die Schaufensterauslage einer kleinen Geschenkeboutique am Ende der Albion Avenue. Wenn die Angaben im Internet stimmten – und warum sollten sie das nicht? –, wohnte Familie Pace im Haus Nummer 232. Bei diesem Haus handelte es sich aber weder um eine Villa noch um ein Herrenhaus, sondern um ein stinknormales Einfamilienhaus. Hellgrau verputzt, weißes Dach und weiße Haustür. Lediglich der kleine Hügel, auf dem das Gebäude stand, verlieh ihm etwas Erhabenes. Vielleicht befand sich aber auch nur Bauschutt darunter.

Was mich allerdings noch stärker irritierte, war die Frau, die neben dem Haus in einem Blumenbeet herumfuhrwerkte. Sie sah überhaupt nicht so aus, wie ich mir Beverly vorgestellt hatte. Nichts mit Perlenkette und Kostüm. Stattdessen dunkle, raspelkurze

Haare, Jeans und schwarzer, dicker Pulli. Vor allem aber war sie jung, höchstens so alt wie ich. Unmöglich konnte sie die Mutter von Clarissa sein, die außerdem strohblondes Haar hatte. Vielleicht handelte es sich bei der Frau im Garten um eine Haushaltshilfe. Oder es war die falsche Adresse.

Es half alles nichts, ich wollte endlich Klarheit haben. Mein Auto hatte ich eine Straße weiter geparkt. Ich lief zum wiederholten Male auf das graue Haus zu. Bisher hatte mich die Frau nicht bemerkt. Auch jetzt war sie so in ihre Beschäftigung vertieft, dass sie nicht mitbekam, wie ich im Begriff war, die Stufen zur Eingangstür hochzugehen. Ich hätte einfach klingeln können, entschied mich aber dagegen und lief an der Mauer entlang zu ihr, bis sie erschrocken aufsah.

Gegen die Sonne blinzelnd, guckte sie mich an und wischte sich die Hände an ihrer Hose ab.

»Oh, ich habe Sie gar nicht kommen hören«, sagte sie fast ängstlich.

Ob sie Angst vor einem neuerlichen Überfall hatte? Freundlich lächelte ich sie an, während sie sich erhob.

»Macht doch nichts. Entschuldigen Sie, dass ich störe. Ich bin Britney Berenson und wohne seit einem Jahr auch hier in Fairmont.«

Sie schluckte hart, ihr Gesicht versteinerte. Sie fürchtete sich tatsächlich vor mir. Hastig fügte ich hinterher: »Keine Panik, ich bin Lehrerin an der Highschool. Ich will Sie nicht weiter stören. Nur etwas fragen.«

»Okay …?«

»Sind Sie Beverly Pace?«

»Wieso?«

»Es geht mich eigentlich nichts an, aber ... aber es könnte sein, dass ich etwas weiß von der schrecklichen Sache, die Ihnen widerfahren ist.«

»Ich schreie laut, wenn Sie mich anfassen!«, keuchte sie aufgeregt und schlang die Arme um den Bauch.

»Hey, nein, Sie verstehen das falsch. Ich bin auf der anderen Seite. Ich bin vielleicht auch ein Opfer.«

Abrupt drehte sie mir den Rücken zu.

»Kommen Sie mit rein«, sagte sie.

Bei einem Glas Wasser in Beverlys Küche erfuhr ich mehr über sie. Sie war die zweite Frau von Clark Pace und hieß mit vollem Namen Beverly Milton-Pace. Ihr Mann mochte es jedoch nicht, dass sie ihren alten Namen vornan stellte, weswegen sie ihn nur selten in voller Länge benutzte. Ich fand sie merkwürdig. Spröde, humorlos. Klar, sie war vermutlich traumatisiert. Trotzdem wirkte sie nicht sympathisch auf mich. Auch wenn die Einrichtung des Hauses durchschnittlich war und nicht auf Reichtum schließen ließ, behandelte Beverly mich von oben herab. Ich gab mir Mühe, ihr Vertrauen zu erwecken, doch wie lieb und unterwürfig ich auch lächelte, sie erwiderte die Gesten nicht. Nach zehn Minuten ließ ich es bleiben und sprach im normalen Ton mit ihr. Entweder sie würde mich rausschmeißen, oder sie glaubte mir und sah eine Chance, ihren Vergewaltiger zu finden.

»Seit drei Jahren bin ich jetzt an diesem Ort«, erklärte sie. »Wegen meines Mannes. Wir lernten uns in einer Gruppe Gleichgesinnter kennen. Er war Witwer, mein Mann war ebenfalls verstorben. Na ja, wie das eben so ist. Es war wahrscheinlich alles etwas überstürzt, aber mich hielt in meiner Heimat nichts mehr, und ich war froh, schnell wegzukommen und die Vergangenheit ruhen zu lassen. Ich stamme ursprünglich aus Texas, aber arbeiten kann ich von überall aus. Ich bin freie Übersetzerin für Spanisch und Portugiesisch.«

»Dann haben wir einiges gemeinsam. Ich bin auch erst seit einem Jahr hier und komme aus Florida. Zwar bin ich nicht wegen eines Mannes hier, vielmehr bin ich wegen einer unglücklichen Beziehung abgehauen. Aber überstürzt war es auch.«

»Das kann man wohl kaum mit einem Todesfall vergleichen.«

»Nein, das ist wahr, sorry.«

»Eine Gemeinsamkeit haben wir trotzdem.« Ein Grinsen zog über ihr Gesicht. Kein freundliches, eher gehässig, aber immerhin mal eine Regung. »Wir haben beide bescheuerte Namen.«

»Ihr bescheuerter Name ist mir in der Tat sofort übel aufgestoßen«, gab ich trocken zurück.

Zickig sein konnte ich auch. Außerdem klang Beverly wesentlich schlimmer als Britney. Auf meiner persönlichen Scheußlichkeitshitliste dicht gefolgt von Audrey.

»Oops! … I Did It Again«, begann Beverly zu singen.

Zuerst schob ich beleidigt die Unterlippe vor. Doch sie sang unbeirrt weiter, ihre Gesichtszüge entspannten sich, und sie wurde sekündlich normaler und netter. Was soll's, dachte ich mir, und stimmte mit ein. Und auf einmal war das Eis gebrochen.

Befreit lachten wir los. Endlich wieder albern zu sein, tat mir unglaublich gut. Obwohl mir Britney Spears' Lieder wirklich zum Hals raushingen, bekam ich plötzlich unbändige Lust zu tanzen.

»Soll ich dir ein paar Moves zeigen? Ich beherrsche sie alle«, prahlte ich ausgelassen, duzte sie einfach und stellte mich breitbeinig mitten im Raum auf.

»Pah, du weißt ja nicht, wen du vor dir hast ... Moment!«

Beverly zog ihr Shirt über den Kopf und stand im Tanktop vor mir. Ich griff nach meinem Handy, suchte in der Playlist ganz weit hinten nach dem größten Hit meiner Namensvetterin und stellte den Ton so laut es ging. Wir strahlten um die Wette und bewegten uns ausgelassen zur Musik unserer Jugend.

***

»Ach, das war herrlich.« Erschöpft plumpste Beverly auf ein weinrotes Sofa, das neben der Verandatür stand, und klopfte einladend neben sich. »Nimm dir dein Wasser und setz dich.«

Ich machte, was sie sagte. Wir schwiegen einige Minuten, bis sie ernst wurde.

»Ich hatte gerade oben geduscht, als ich hier unten etwas scheppern hörte. Blöderweise rief ich auch noch laut *Hier bin ich*. Weil ich dachte, Clarissa oder Clark hätten was vergessen. Wenn ich nicht gerufen hätte, wäre der Typ vielleicht gar nicht so schnell ins Schlafzimmer gekommen. Stattdessen hätte er mich zuerst unten gesucht – und ich hätte in der Zeit den Notruf betätigen können. Darüber ärgere ich mich so. Eigentlich wusste ich nämlich sofort, dass etwas nicht stimmte. Ach, verdammt ...« Beverly presste ihre Hand gegen den Mund und unterdrückte die Tränen.

»Oh, Mann«, stammelte ich. »Das tut mir so leid. Hör zu, wenn dich das zu sehr belastet, sprich nicht weiter. Vielleicht ist es besser bei einem Therapeuten oder einem Arzt aufgehoben. Ich will dich nicht zusätzlich aufwühlen.«

Ich legte vorsichtig meine Hand auf ihren Oberschenkel. Entschieden schüttelte sie den Kopf.

»Nein, geht schon. Ich muss mich der Sache stellen. Einen Termin beim Seelenklempner hat mein Mann mir schon besorgt. Der ist aber erst in zwei Wochen. Solange kann ich es ja nicht verdrängen. Ich will es auch gar nicht und bin sogar froh, wenn ich es jemandem erzählen kann, der mir nicht nahesteht. Freunde und Familie fangen sowieso immer sofort an zu heulen. Du hingegen bist unbeteiligt.«

Na ja, vielleicht nicht ganz. Aber ich ließ sie vorerst in dem Glauben.

»Es ging alles furchtbar schnell. Eine Antwort bekam ich auf meinen dämlichen Ruf natürlich nicht.«

»Beverly, ich bin zwar keine Psychologin, aber eines weiß ich ganz genau: Mach dich nicht fertig, weil du etwas gerufen hast. Das bringt absolut nichts. Du kannst gar nichts dafür, dass dieses Arschloch dir das angetan hat. Er ist schuld. Nicht du.«

»Okay«, schniefte sie und atmete tief durch. »Er stürzte die Treppe rauf. An seinen Schritten erkannte ich schon bei den ersten Stufen, dass es weder Clark noch seine Tochter war. Ich stand mitten auf dem Flur. Dort.« Sie wies hoch. »Wie vom Donner gerührt. Ich hätte es gar nicht mehr geschafft, mich im Schlafzimmer zu verschanzen. Er war so schnell bei mir, dass ich gar nicht reagieren konnte, verstehst du?«

»Ja. Oh Gott, wie schrecklich.«

»Er war groß und hatte so eine komische Maske auf. Wie in einem Horrorfilm. Schwarze oder dunkle Klamotten, ich weiß es nicht. Ich habe fast alles vergessen, weil er mich packte und gegen das Geländer schleuderte. Britney, ich dachte, der bringt mich um. Ich habe noch nicht mal geschrien, glaube ich. Der war rasend. Wie ein tollwütiges Tier. Zu einem klaren Gedanken war ich überhaupt nicht in der Lage, weil er mich wie eine Puppe hin und her schubste.«

»Hat er was gesagt?«

»Keinen Ton. Ich auch nicht. Es waren vermutlich nur Sekunden, keine Ahnung. Er schmiss mich auf einen Stuhl im Schlafzimmer. Es lagen noch Hosen von Clark drauf, daran erinnere ich mich. Eine Gürtelschnalle drückte mir nämlich in den Hintern. Mein Gesicht schmerzte. Vielleicht hatte er mich geschlagen, und es tat deswegen weh. Oder ich war irgendwo gegengeknallt, was weiß ich.«

»Er hat dich hoffentlich nicht schwerwiegend verletzt?«

Ich wagte einen prüfenden Blick in ihr Gesicht. Keine blauen Flecken, Kratzer oder Ähnliches. Verstohlen schaute ich auf ihre Arme, die ebenfalls unversehrt aussahen. Sie schüttelte den Kopf.

»Nein. Eine Rippe ist geprellt, und am Hintern befindet sich ein Hämatom, aber das stammt vom Gürtel. Ich habe tatsächlich unwahrscheinliches Glück gehabt. Innere Verletzungen gibt es auch nicht. Ich bin wie ein zäher Ackergaul.« Beverly grinste schief. »Ich habe jetzt halt nur einen Dachschaden. Komplett meschugge. Ich zucke sogar zusammen, wenn der Kühlschrank Geräusche macht. Wie eine Verrückte.«

»Ich finde das total verständlich. Für mich bist du sehr mutig, ehrlich. Es ist bestimmt richtig, darüber zu sprechen und zu reflektieren. Das wird dir beim Heilungsprozess helfen ... Auweia, klinge ich wie eine abgedrehte Esoterikerin?«

»Quatsch«, antwortete sie lachend und wurde dann wieder ernst. »So, ich bringe das mal zu Ende. Er hatte einen Rucksack dabei, aus dem er ein Seil holte. Damit fesselte er mich. Ich glaube, ich schloss die Augen, jedenfalls kann ich mich nur noch verschwommen daran erinnern, mit was er mich festzurrte. Möglicherweise waren es auch Kabelbinder oder ein Klebeband. Er kam mir unfassbar wütend und gleichzeitig routiniert vor in allem, was er tat.«

»Weißt du, was mir gerade einfällt? Du hast dich unter Umständen gedanklich weggebeamt. Quasi deinen Körper verlassen, damit du das alles aushalten konntest. Daher auch die mangelnde Erinnerung.«

»Klar, das könnte theoretisch auch sein. Aber wahrscheinlich waren die K.-o.-Tropfen der Grund dafür. Er hielt mir nämlich den Mund auf und schüttete eine Flüssigkeit hinein. Total grob. Danach riss er meinen Kopf nach hinten, sodass ich schlucken musste. Wie das Zeug schmeckte, weiß ich nicht mehr. Das ging alles viel zu schnell. Ekelhaft, glaube ich. Aber meine Angst übertünchte alles. Ich konnte keinen klaren Gedanken fassen.«

»Vielleicht sogar von Vorteil, dass du nicht alles mitbekommen hast, oder?« Unsicher schaute ich sie von der Seite an. Hoffentlich war das nicht zu frech gewesen. Aber sie verzog keine Miene und schien es ebenso zu sehen.

»Ehrlich gesagt, glaube ich das auch. Die Polizei wollte mir zwar einreden, dass es besonders perfide vom Täter war, mich zu betäuben, bevor er mich ... Na ja. Bloß, was hätte ich davon, das alles bei Bewusstsein miterlebt zu haben? So kann ich zwar anhand des Arztberichts rekonstruieren, was der Typ mit mir angestellt hat. Aber genau weiß ich es natürlich nicht. Das weiß keiner.«

»Nur das Arschloch selbst.«

»Ganz genau. Mir fehlen viele Stunden. Einfach weg. Ich wachte wieder auf, als es bereits dunkel wurde. Wahrscheinlich hatte ich Clarissa gehört, die gerade zur Tür reinkam. Sie macht meistens früher Feierabend als ihr Vater. Rückblickend wundere ich mich, dass ich nicht panisch wurde. Es hätte ja sein können ...«

»... dass der Typ zurückgekommen wäre oder immer noch da war«, vervollständigte ich den Satz.

»Ja. Ich war so zugedröhnt und benebelt. Mir tat alles weh, einfach alles. Der Kopf, der Unterleib, meine Beine. Erst als Clarissa vor mir stand und hysterisch aufschrie, kam ich langsam durch.«

»Saßt du noch auf dem Stuhl?«, fragte ich leise. Ich schämte mich für diese indiskrete Frage, weil sie mir so intim erschien.

»Nein, nein, ich lag halb auf dem Bett, halb war ich runtergerutscht. Bis auf meinen BH hatte ich nichts an.«

»Dieses Dreckschwein.«

»Den Rest kannst du dir denken. Letztendlich hätte es noch viel schlimmer kommen können. Erst neulich habe ich von einer Frau gehört, die in einem Stadtpark in Imogene überwältigt wurde. Der Mann hatte sich nicht die Mühe gemacht, sie zu betäuben – sie musste also alles mitbekommen. Er hat sie zusammengeschlagen, richtig übel zugerichtet, und dann vergewaltigt. Hinterher wurde ihr Gesicht in einer Not-OP zusammengeflickt. Das ist ja noch viel heftiger, nicht?«

»Ja, stimmt«, bestätigte ich. »Aber es geht immer noch schlimmer. Vielleicht ist die Frau aus Imogene froh, dass sie nicht umgebracht wurde. Verstehst du, wie ich das meine, Beverly? Diesem Wichser, der dir das angetan hat, muss das Handwerk gelegt werden!«

»Absolut. Ich weiß nur nicht, ob die Polizei überhaupt Anhaltspunkte findet. Als die Polizei hier eintraf, war mein Mann schon da und hat die Spurensuche beobachten können. Er meinte hinterher, dass es nicht so aussah, als habe man was Brauchbares entdeckt. Der Täter trug Handschuhe. Und ich kann ihn halt auch gar nicht beschreiben. Das einzig Auffällige war sein Gehfehler. Ich bin mir nicht sicher, ob das eine Behinderung war oder ob er sich vielleicht nur beim Rumgerangel mit mir verletzt hat. Er war groß und sah gruselig mit der Maske aus. Weil er nichts gesagt hat, habe ich auch keinen Akzent gehört. Nichts. Ein Fremder.«

Ich wusste nicht, wie ich elegant den Bogen zum nächsten Thema schlagen sollte. Verbunden mit einem sachlichen Räuspern klopfte ich zweimal auf meine Oberschenkel und stand auf.

»Danke für deine Offenheit«, sagte ich. »Ich glaube, du hast mir sehr weitergeholfen.«

»Bist du auch Opfer einer Straftat geworden?« Beverly war zu ihrer abweisenden Attitüde zurückgekehrt und forderte mich mit einer förmlichen Handbewegung dazu auf, zur Haustür zu gehen. »Nach dir.«

Während ich vorweglief, erklärte ich: »Möglicherweise, ich bin mir allerdings nicht ganz sicher. So was wie du habe ich glücklicherweise nicht erlebt. Aber gestern Nacht hat mir jemand einen Stein ins Fenster geworfen. Und ...« Vor der Eingangstür blieb ich abrupt stehen. »Kennst du zufällig einen Travis Mathewson?«

Sie öffnete erstaunt ihre Lippen und wurde blass. »Wieso willst du das wissen?«

»Das soll keine üble Nachrede sein. Es gibt nur ein paar komische Zufälle, und ich wühle ein bisschen darin herum. Ich finde, wir Frauen müssen zusammenhalten. Es kann doch wohl nicht angehen, dass wir in einer männerdominierten Welt leben.« Okay, die Emanze nahm ich mir nicht wirklich ab, aber in diesem Moment passte es, und ich fühlte genau das, was ich sagte.

»Aber was hat Travis damit zu tun?«

»Du kennst ihn also?«

»Hm. Kann schon sein.«

»Warst du mal mit ihm zusammen? Hat er dich angemacht? So was in der Art? Beverly, ich schwöre dir, ich verrate es keinem. Vertrau mir bitte. Es geht mir lediglich darum, Klarheit ins Dunkel zu bringen.«

»Clark darf davon nichts erfahren!«, zischte sie leise und schaute sich unruhig um, obwohl wir allein im Haus waren. »Ich hatte vor einem Jahr eine Affäre mit Travis. Aber wehe, jemand bekommt davon ein Sterbenswörtchen zu hören! Dann raste ich aus!«

»Niemand wird davon erfahren, Ehrenwort. Jedenfalls nicht von mir. Wie du dir denken kannst, kenne ich ihn ebenfalls.«

»Bist du etwa mit ihm zusammen?« Irrte ich mich, oder klang sie eifersüchtig?

»Nein. Es war eine Dummheit, nichts Besonderes«, tat ich die Sache ab. Ich zögerte, ob ich ihr mehr verraten sollte, entschied mich aber dagegen. Beverly war inzwischen zwar wesentlich netter als zu Beginn meines Besuchs, aber trotzdem wollte ich keinen Fehler begehen und das lieber allein durchziehen. »Wie lange ging denn das mit euch?«

»Drei, vier Wochen. Ich war saublöd, mich darauf einzulassen. Dass Travis ein Aufreißer ist, wusste ich schließlich von Anfang an. Am Schluss bekam ich kalte Füße. Wenn mein Mann davon erfahren hätte, hätte er sich auf der Stelle von mir getrennt.«

»Ich verrate ehrlich nichts.«

»Okay. Ich stehe nicht so auf Scheidungen.«

Und ich stand nicht so auf Vergewaltiger.

16

Das rote Lämpchen am Anrufbeantworter blinkte. Ich drückte auf den Knopf, legte meine Handtasche ab und schaltete die Deckenlampe an, da es draußen bereits dunkel wurde. Für gewöhnlich zog ich die Vorhänge in den Wohnräumen aus purer Faulheit nie zu. Nur im Schlafzimmer machte ich das normalerweise – doch das konnte ich mir heute auch sparen, denn ich würde dort ganz bestimmt nicht schlafen.

»Walter Myer von *Mister Second* hier. Wir kommen morgen früh ab halb neun, um das Fenster einzubauen.«

Die Mailbox piepte, als die Nachricht des Handwerksbetriebes zu Ende gesprochen war. Ich hatte schon befürchtet, dass es nicht wie ursprünglich vereinbart am ersten Tag mit der Reparatur klappen würde. Im Grunde genommen war ich sogar erleichtert über den raschen Termin am Folgetag – aber mein Problem bestand nun weiterhin. Ich hatte es bislang erfolgreich verdrängt: Wollte ich hier wirklich heute Nacht auf der Couch schlafen, oder sollte ich mir besser ein Motel suchen, wo ich mich sicherer fühlte?

Nachdenklich griff ich zum Wein und nahm einige Schlucke. Ich würde noch zur Alkoholikerin werden, wenn das so weiterging. Mein Blick fiel in Richtung Fenster, doch ich schaute ins Leere. Ich selbst muss wie auf dem Präsentierteller gewirkt haben mit dem Licht im Rücken. Merkwürdig ... Ich fühlte mich beobachtet, als würde jemand zu mir reingucken. Wie eine hysterische Säuferin sprach ich laut mit mir selbst.

»Britney, nun bleib mal locker. Jetzt gehst du ganz in Ruhe ins Bad, packst ein paar Sachen ein, nimmst deine Tasche und fährst ins *Good Nite Inn*.«

Zur Untermalung meines irren Verhaltens sang ich laut vor mich hin. Ich würde mir keine Angst einjagen lassen. Ich war eine gestandene Frau, die derzeit ein bisschen Pech hatte. Aber fertigmachen würde man mich nicht, niemals! Ich wehrte mich strikt dagegen, ein Opfer zu sein. Noch wusste ich ja gar nicht, was mir in der Hütte am Lake Hall widerfahren war. Bis auf den Tritt von Carol war es eher die beängstigende Situation als solche gewesen als ein tatsächlicher Übergriff, was mich einschüchtern könnte. Doch das ließ ich nicht zu. Ich wollte die Fäden in der Hand behalten und sie mir nicht von einem Typen, der seine Triebe nicht im Griff hatte, abnehmen lassen.

Dass es sich bei Travis um den Vergewaltiger handelte, lag für mich inzwischen auf der Hand. Er hatte Beverly so zugerichtet – eine andere logische Erklärung gab es für mich nicht. Der Täter hatte einen komischen Gang gehabt, sagte sie. Auch bei der Polizei lag diese Personenbeschreibung vor. Sie hatte sich das also nicht nachträglich ausgedacht, sondern sofort zu Protokoll gegeben. Ein humpelnder, großer Mann. Wie viele Männer mit Beinprothesen, wie Beverly vermutete, begegneten einem? Es könne auch eine Behinderung sein. Klar. Ich kannte jedenfalls nicht einen Einzigen mit Gehfehler.

Gut möglich allerdings, dass der Typ von einer eifersüchtigen Frau über den Haufen gefahren worden war und deshalb ein Hinkebein hatte. Für mich stand fest: Travis Mathewson gab es einen Kick, seine Affären mit K.-o.-Tropfen außer Gefecht zu setzen, um über sie herzufallen. Vielleicht war er sogar ein Serienvergewaltiger, dieser Scheißkerl.

***

Vorm besten Motel in Fairmont parkte ich meinen Wagen. Zumindest hatte mir Paul mal irgendwann erzählt, dass das *Good Nite Inn* sauber und anständig sei. Ärgerlicherweise hatte ich mich bislang nie dafür interessiert, ob es in Motels Security-Mitarbeiter gab, die für Recht und Ordnung sorgten. Ein erster Blick über den Parkplatz machte diese vage Hoffnung sogleich zunichte. Der Gebäudekomplex war u-förmig aufgebaut, in der Mitte befanden sich Rezeption und Lobby. Etwa fünfzig Zimmer befanden sich in den zweigeschossigen Häuserreihen, wovon wohl nur ein Bruchteil bewohnt war, denn es standen bloß fünf weitere Autos auf dem schwach beleuchteten Asphalt.

Na ja, nur in miesen B-Movies wurden Frauen auf Motel-Parkplätzen überfallen. Beherzt griff ich nach meinem Weekender auf der Rückbank und lief die paar Schritte zum gläsernen Eingang, der schon – oder immer noch – mit kunterbunter Weihnachtsbeleuchtung dekoriert war. Das ungute Gefühl, beobachtet zu werden, ignorierte ich, so gut ich konnte. Da war bestimmt niemand außer mir auf dem Parkplatz gewesen. Ich sah lediglich Gespenster.

»Hallo?«, sagte ich laut, als nach einigen Minuten noch immer niemand hinterm Empfangstresen aufgetaucht war.

Nichts. Ich drückte auf einen albernen goldenen Klingelknopf. Das Geräusch war so leise, dass natürlich nichts geschah. Unglaublich, dieser miese Service. Es war noch nicht einmal zehn Uhr am Abend, da würde ja wohl noch irgendwer auf den Beinen sein. Mal wieder vermisste ich meine serviceorientierte Heimat. Hier im Norden musste man ständig warten und sich schon über ein angedeutetes Lächeln freuen.

»Hallo!«, wiederholte ich ungeduldig meinen Ruf.

Einfach unfassbar. Ich wollte doch nur eine Nacht hier schlafen. Am liebsten wäre ich wieder nach Hause gefahren, hätte mich im Wohnzimmer aufs Sofa geschmissen und diese bescheuerte fensterlose Nacht hinter mich gebracht. Was für eine überflüssige Zeitverschwendung. Vor Wut und Hilflosigkeit kamen mir beinahe die Tränen. Ich mutierte zum reinsten Psycho.

Leise vor mich hin fluchend ging ich zur Eingangstür, als plötzlich ein alter Mann mit langem Bart und bunten, eingeflochtenen Perlen aufkreuzte. Na endlich.

»N'Abend. Sorry, war in der Küche. Warten Sie schon lange, Miss?«

»Nein, kein Problem.« Ich drehte mich zu ihm. »Haben Sie ein Zimmer für mich? Nur für eine Nacht und wenn möglich, gern oben.«

»Klar«, antwortete der Spät-Hippie. »Sie müssen den vorderen Trakt nehmen. Das andere Haus ist um diese Jahreszeit geschlossen. Wollen Sie nicht vielleicht doch lieber ein Zimmer unten nehmen? Dann können Sie direkt vor Ihrer Tür den Wagen abstellen.« Er linste durchs Fenster nach draußen. »Ist der Japaner Ihrer?«

»Ja, der schwarze Toyota. Nein, danke; ich möchte lieber nach oben. Kleiner Sicherheitstick, haha«, versuchte ich einen Scherz.

Er schob ein Formular rüber. »Hier sind Sie absolut sicher, egal ob in einem Zimmer oben oder unten. Aber das ist selbstverständlich Ihre Entscheidung. Bitte den Zettel ausfüllen und jetzt gleich bezahlen. Morgen früh sind nur die Reinigungskräfte hier. Tss, verrückt ... Dass ihr jungen Leute immer mit den Japanern fahren müsst. So was käme mir nicht ins

Haus. Nichts geht über einen guten, alten Buick. Oder einen Chevy. Cadillacs sind was für Spießer. Na ja, und zu GMC können Sie sich meine Meinung denken. Da kann man auch gleich einen Japaner kaufen.«

Ich dachte dazu rein gar nichts – außer: *Bitte halt die Klappe, Automarken interessieren mich nicht die Bohne.* Doch ich lächelte wohlerzogen, während ich auf dem Blatt Papier meine Anschrift notierte und dem Alten meine Kreditkarte gab.

»So«, sagte ich. »Das dürfte alles sein.«

»Stimmt. Hier ist der Schlüssel. Zimmer 29. Ich wünsche Ihnen eine gute Nacht.«

»Danke, Ihnen auch.«

Kurz schaute ich ihm hinterher, als er in seinem zerknitterten violetten Batikhemd wegschlurfte.

Nie zuvor hatte ich mich so einsam gefühlt wie in diesem Moment.

***

Ich war doch nicht allein, dessen war ich mir wenige Minuten später auf dem Weg zu meinem Zimmer gewiss. Leider. Hatte ich vorhin noch Verlassenheit gespürt, weil ich mutterseelenallein ein trostloses Motel bezog, wäre ich nun froh darüber gewesen. Man war hinter mir her, ich fühlte es deutlich.

Die Stufen der schmalen Steintreppe nahm ich deshalb zügig und stolperte fast über die eigenen Füße. Oben angekommen hastete ich den offenen Gang entlang und war erleichtert, als ich endlich die Schlüsselkarte durchziehen und die Tür hinter mir schließen konnte. Meine Güte, warum musste ausgerechnet mir dieser Mist passieren? Jemand hatte mich mit seinen Blicken verfolgt. Vielleicht war es nur der Hippie oder ein anderer Gast gewesen, der noch in seinem Auto saß und einen Joint rauchte. Aber so paranoid konnte ich gar nicht sein, dass ich mir das alles bloß einbildete. Verdammt! Was sollte ich nur machen? Ob ich Emily telefonisch um Rat fragen könnte? Als Polizistin hatte sie vielleicht ein paar Tipps für mich auf Lager. Andererseits war es schon spät, und ich wagte nicht, sie zu stören.

Hm. Was riet ich meinen Schülern, wenn die Angst sie aufzufressen drohte? Ich erklärte ihnen, sich nicht schämen zu müssen. Angst sei ein wichtiges Gefühl, welches einen vor Gefahren bewahren konnte. Wer nie ängstlich oder vorsichtig agierte, konnte durchaus leichtsinnig handeln. Andererseits sei es wichtig, sich seiner Angst zu stellen, wenn sie nicht rational zu begründen war. Und mal ehrlich ... Was sollte mir hier, drei Meilen von meiner Wohnung entfernt, aber immer noch mitten in Fairmont, schon geschehen? Ein blöder Steinewerfer würde sich wohl kaum die Mühe machen, mich mit seiner Steinesammlung quer durch die Stadt zu verfolgen, um ein Motel-Fenster zu zerdeppern. Das war Quatsch. Kein Mensch wusste, wo ich mich aufhielt.

Ich hatte in der Lobby einen Automaten mit Süßigkeiten und Softdrinks gesehen und bekam Lust auf ein gepflegtes Frustfressen. Besser, Schokolade, Chips und Cola zu verdrücken, als mich weiterhin mit Wein zu betäuben. Ich taugte nicht zur Alkoholikerin und könnte einen Zuckerschock gut gebrauchen. Außerdem wäre dies eine perfekte Gelegenheit, meiner übertriebenen Angst ins Gesicht zu schauen. Spinnenphobikern setzte man schließlich bei einer Konfrontationstherapie auch fiese Krabbler auf den Arm. Meine Therapie sah viel harmloser aus: *Pringles* und *Oreo* bis zum Abwinken.

Damit es heimelig sein würde, wenn ich zurückkehrte, schlug ich die Decke des Kingsize-Bettes zurück und schaltete den Fernseher ein. Es lief eine uralte Folge von *The Big Bang Theory*. Ich inspizierte das kleine fensterlose Bad und stellte meine Kosmetiktasche ab. Unspektakulär, wie nicht anders zu erwarten war. Immerhin waren die Wände in einem angenehmen Creme-Ton gestrichen und die Möblierung fiel recht modern aus. Paul hatte recht gehabt: Das Motel war für eine Kleinstadt okay.

»Bis gleich, Sheldon«, sagte ich zum Fernseher und verließ das Zimmer.

Tief durchatmend nahm ich den Weg zurück zum Haupteingang. Kurz vor der Glastür zuckte ich zusammen. War da was am Rande des Parkplatzes neben den beiden Müllcontainern gewesen? Hatte sich da nicht was bewegt? Ach, Blödsinn. Bestimmt nur eine Katze. Drinnen fand ich wieder keinen Menschen an. Jeder x-Beliebige hätte in aller Seelenruhe hereinspazieren und dem Hippie sein Hab und Gut klauen können. Eine Überwachungskamera war mir nicht aufgefallen. Der Typ hatte echt die Ruhe weg.

Vorm Automaten grübelte ich über die Wahl der Süßigkeiten nach und entschied mich für *M&M's*, Tortilla-Chips und Käsesauce. Beim Getränkeautomaten steckte ich meine Geldkarte für eine große Cola ein.

Schon wieder glaubte ich, eine Bewegung bemerkt zu haben, und riss den Kopf in Richtung des Tresens, weil ich den Hippie-Opa vermutete. Doch Fehlanzeige. Also klemmte ich mir rasch die ungesunde Kaloriendröhnung unter einen Arm und öffnete mit der freien Hand die Tür nach draußen. Mit gesenktem Kopf rannte ich fast zur Treppe, denn nun war mir klar, dass ich mich garantiert nicht irrte. Rechts von mir raschelte es im Gebüsch. Mir brach kalter Schweiß aus, ich atmete schneller. Kurz bevor ich die erste Stufe erreicht hatte, knallte es ohrenbetäubend, direkt neben mir. Das war ein Schuss! Jemand hatte auf mich geschossen! Oh Gott! Ich spürte nichts, keinen Schmerz, nur die nackte Panik. Man hatte mich nicht getroffen, aber es musste haarscharf an mir vorbeigegangen sein. Entsetzt nahm ich zwei Stufen auf einmal, duckte mich, hechelte, lief wie von Sinnen an der Hausmauer oben entlang. Die Chipstüte fiel mir herunter, die anderen Sachen hielt ich an mich gepresst, als handele es sich um kostbare Güter, die es zu beschützen galt.

Hektisch fummelte ich mit der Schlüsselkarte am Schloss herum, bis ich es endlich geschafft hatte und in den Raum schlüpfte. Ich rannte ins Bad und verrammelte mich darin, damit mich niemand durch die Eingangstür hindurch erschoss. In meiner Fantasie durchlöcherte ein Kugelhagel das Sperrholz. Ich hielt mir die Ohren zu und wagte kaum zu atmen.

Mein Herz raste so schnell, dass ich befürchtete, tot umzukippen. Außerdem drohte ich zu hyperventilieren. Ruhig, redete ich mir gut zu, ruhig. Mit zitternden Fingern griff ich zum Smartphone und rief den Notruf an. Zumindest darin bekam ich langsam Übung.

***

Sie schickten zwei Polizisten vorbei. Zwei! Bei einem Mordversuch. Wieso kamen nicht mehr? Ich verstand das nicht, hier ging es schließlich um Leben und Tod! Nur mit Mühe beruhigte ich mich und beantwortete die Fragen zum Tathergang nun bereits zum dritten Mal. Wir saßen zu viert in der Lobby des Motels. Der Hippie, zwei männliche Cops und ich. Obwohl ich einen Schock erlitten hatte und nur mühsam mein Zittern unter Kontrolle bekam, hatte mir natürlich niemand eine Decke über die Schulter gelegt. Noch nicht mal einen Kaffee bekam ich. In Filmen sorgte man sich um jemanden wie mich, doch in Fairmont erklärte man mich offensichtlich zur Hysterikerin.

»Ich habe nichts gehört«, wiederholte Sunny Springfield, wie sich der Hippie vorgestellt hatte. »Keinen Mucks. Ich war hinten in der Küche, da kriege ich eigentlich immer alles mit. Hier ist man geborgen wie in Abrahams Schoss.«

Ja, ist klar … Ich schüttelte den Kopf. Die glaubten einem bekifften Tattergreis mehr als einer jungen Lehrerin?

»Wann haben Sie denn zuletzt mit jemandem gesprochen, Mr. Springfield?«, fragte der ältere der beiden Polizisten und strich sich mit Zeigefinger und Daumen den Schnauzbart glatt.

»Habe ich doch schon gesagt. Das war mit dieser Lady, als sie eincheckte. Ist wohl eine Stunde her inzwischen.«

»Stimmt, sogar schon über eine Stunde«, bestätigte ich und fing mir einen mahnenden Blick des bärtigen Cops ein.

»Mrs. Berenson, bitte lassen Sie Mr. Springfield allein antworten, sonst müssen wir Sie getrennt voneinander befragen. Ich halte das allerdings angesichts der Vorkommnisse nicht für erforderlich.«

»Alles klar, Sir. Darf ich eben eine WhatsApp verschicken? Ich würde mich gern bei Inspector Rhodes melden, die meinen Fall sehr gut kennt.«

»Wenn Sie ihr den wohlverdienten Feierabend ruinieren wollen, nur zu.«

Hi Emily, bitte entschuldigen Sie die Störung mitten in der Nacht. Auf mich ist vorhin geschossen worden. Bin aber unverletzt. Polizei ist bereits hier. Ist im Motel Good Nite Inn passiert, da bin ich jetzt auch. Britney

»Ist Ihnen in den vergangenen Tagen irgendwas Verdächtiges aufgefallen, Mr. Springfield? Gab es einen verärgerten Gast? Hat jemand sein Zimmer nicht bezahlt, oder haben Sie privat Feinde?«

»Wieso sollte ich? Hier ist immer alles friedlich. Schauen Sie mich an. Peace, Leute!« Er zuckte mit den Achseln und guckte mitleidig in meine Richtung. »Wenn einer umgelegt werden sollte, dann wohl sie. Sorry, aber ist so. Ich habe echt nichts gehört. Vielleicht kamen die Geräusche von ganz woanders. Hier schießt doch keiner, das ist Bullshit.«

»Wenn ich mich jetzt doch noch mal einmischen dürfte«, bat ich und fuhr nach einem bestätigenden Nicken fort: »Es waren ja nicht mehrere Geräusche, sondern nur ein einziger Knall. Ich bin mir absolut sicher, dass es ein Schuss war, und verstehe nicht ganz, warum Sie nicht die Kugel suchen. Die muss doch irgendwo sein. Vermutlich steckt sie in der Hausmauer, einer Tür oder in einem Fensterrahmen.«

»Darum kümmern sich gleich die Kollegen von der Spurensicherung, Mrs. Berenson. Falls Sie recht haben und jemand hat tatsächlich auf Sie geschossen, kann das Waffenprojektil auch in die Grünanlage geflogen sein. Dort finden wir es nie. Wie wir unsere Arbeit zu erledigen haben, wissen wir selbst. Was machen Sie noch gleich beruflich?«

»Ich bin Lehrerin.«

»Ah ja …«

»Ich bin mir ziemlich sicher, dass nicht in Richtung der Büsche und Bäume gefeuert wurde. Für mich fühlte es sich so an, als sei rechts von mir gezielt worden. Dann muss es irgendwo im Gebäude stecken.«

Mein Handy vibrierte und zeigte eine Antwort von Emily an.

Bin in einer Viertelstunde da. Ich sage den Kollegen selbst Bescheid, dass ich komme.

Als Emily zwanzig Minuten später eintraf, saß ich nur noch mit Sunny Springfield und einem der beiden Cops in der Lobby. Der andere Polizist war mit den inzwischen ebenfalls eingetroffenen Kollegen draußen auf Spurensuche. Vielleicht saßen sie auch nur in ihren Dienstwagen und beratschlagten sich, wie man die verrückte Lehrerin am besten mundtot bekam, um nicht mitten in der Nacht nach einer Pistolenkugel suchen zu müssen.

»Ah, da sind Sie ja«, entfuhr es mir erleichtert, als die Tür aufging und Emily im Jogginganzug eintrat. »Danke, wirklich nett von Ihnen, extra zu kommen.«

»Hi Emily«, begrüßte der andere Kollege sie. »Meiner Meinung nach hättest du deinen Schlaf nicht unterbrechen müssen. Wir kriegen das schon allein hin. Draußen ist alles abgesucht, da läuft niemand mehr rum. Falls überhaupt jemand da war.«

Wütend blitzte ich ihn an. Was fiel dem eigentlich ein? Dies war vermutlich die Stelle, an der man in Filmen sagte, dass man gern einen Anwalt hätte. Da ich aber wusste, was das kostete, ersparte ich mir die Bitte.

»Mrs. Berenson hat durchaus berechtigten Grund zur Sorge, Cliff. Wie geht es Ihnen, Britney?«

»Na ja …«, unterdrückte ich die plötzlich aufsteigenden Tränen. »Es ging mir schon besser. Eigentlich hatte ich hier übernachten wollen, weil ich mich zu Hause nicht sicher fühlte. Besonders wegen des kaputten Fensters. Tja, nun stelle ich fest, dass ich mich nirgends mehr sicher fühlen kann. Was mache ich denn nun? So was wie Polizeischutz bekomme ich vermutlich nicht, oder?«

Sie kniff die Lippen zusammen und schüttelte bedauernd den Kopf. »Nein, aber wir zeigen Ihnen nachher einen sicheren Ort, wo Sie keine Angst haben werden. Doch jetzt muss ich leider erneut die Befragung aufnehmen. Das wird wohl eine lange Nacht für uns alle werden.«

»Ich hole mal meinen Kautabak«, stöhnte Sunny. »Eine Bong durchzuziehen ist wohl im Moment nicht angebracht.«

Emily hob die Augenbrauen. »In der Tat. Sie sind der Besitzer des *Good Nite Inn*?«

Mit einer formvollendeten Verbeugung, sodass sein Batikhemd flatterte, bestätigte er: »Das bin ich. Nennen Sie mich einfach Sunny. Sie sind nämlich auch ein richtiger Sonnenschein, mein Kind.«

»Für Sie Inspector Shore, wenn ich bitten darf. Dann holen Sie mal schnell Ihren Tabak, damit wir hier endlich weitermachen können.«

17

Emily hatte mir eindeutig zu viel versprochen. Auch in meiner Notbehausung fühlte ich mich nämlich nicht sicher, dabei befand sie sich in direkter Nachbarschaft zum Police Department von Rochester. Sie hatte mich höchstpersönlich hierherbegleitet, obwohl ich auch allein hätte fahren können. Doch sie bestand darauf, dass ich mein Auto zu Hause ließ und sie mich im Dienstwagen nach Rochester brachte. Sie riet mir, vor Ort einen Leihwagen zu nehmen, um unabhängig zu sein.

Eine Woche in der anderen Umgebung sollte ausreichen, meinte Emily, um zu sehen, ob die Maßnahme übertrieben sei und ich wieder zurück in meine Wohnung könne, oder ob ich noch etwas länger in Rochester bleiben solle. Immerhin hätten die Bedrohungen gegen mich stetig zugenommen. Durch den Waffeneinsatz bestände jetzt auch seitens der Polizei verstärktes Interesse an der Aufklärung des Falls. Die

Spurensuche hatte eine Schmauchspur am Geländer des ersten Stockwerks im Motel gefunden, die Kugel selbst aber bislang nicht.

Rund zwei Stunden Autofahrt von Fairmont entfernt befand ich mich nun in einer Großstadt Minnesotas in einem merkwürdigen Kokon aus Fragen, Angst und Misstrauen. Und Wut. Wut auf Carol, die bestimmt hinter den Angriffen gegen mich steckte. Es konnte nur sie sein, denn Travis hatte keinen Grund, gegen mich vorzugehen. Auch die beunruhigenden anonymen Anrufe auf meinem Handy trugen eine weibliche Handschrift. Ich war mir einfach sicher, dass Travis auf solch kindischen Aktionen keine Lust hatte. Nur einsame Spanner oder abgewiesene Perverse machten so was. Doch Travis war ein attraktiver Mann mit genügend Möglichkeiten, seine Sexualität auszuleben – als i-Tüpfelchen unter Zuhilfenahme von Gewalt. Er hatte es nicht nötig, minutenlang lautlos in Telefonhörer zu atmen. Aber Frauen machten das. Frauen wie Carol. Emily hatte ich dieses Detail verschwiegen, denn ich ahnte, dass sie mir empfehlen würde, mir eine neue Handynummer zuzulegen. Doch das wollte ich nicht. Selbst wenn die Polizei die Anrufe zurückverfolgen konnte, diente dies für sie wahrscheinlich immer noch nicht als Beweis dafür, dass Carol mich massiv bedrohte. Nein, nein, ich würde es schon hinbekommen. Die Schuldige stand für mich fest, und ich verriet es niemandem, bevor ich keine Beweise hatte.

Ich musste nur noch überlegen, wie ich das anstellen sollte.

Emily glaubte mir zwar grundsätzlich, dass man es auf mich abgesehen hatte, aber aus ihren Bemerkungen wurde klar ersichtlich, dass sie in Travis' Richtung spekulierte. Lediglich einmal hatte ich eifersüchtige andere Frauen ins Gespräch einfließen lassen, doch da entgegnete sie, derlei Eifersuchtstaten geschahen nur in Kriminalromanen. In der Realität warfen meist männliche Täter Steine durch Fenster oder schossen nachts auf wehrlose Opfer; Frauen täten das nicht, würden vielmehr subtiler vorgehen. Diese Logik wiederum fand ich hanebüchen. Ich schätzte Emily als engagierte Polizistin, aber woher wollte sie im bisher beschaulichen Fairmont schon wissen, zu welch Wahnsinnstaten rasende Weiber in der Lage waren?

***

Ich sah mich in dem Übergangs-Apartment um. Es war inzwischen mein dritter Tag hier. Noch nicht mal Mittag, und ich langweilte mich zu Tode. Die Wohnung war funktionell wie eine einfache Suite im Hotel eingerichtet. Graues Kunstledersofa, hellbraune Holzmöbel und ein anthrazitfarbener Teppichboden. Es fehlten bunte Farbtupfer. Ich würde später einen Strauß frischer Blumen einkaufen. Wie viele Menschen hier wohl schon ihre Zeit abgesessen hatten, um im wahrsten Sinne des Wortes aus der Schusslinie zu gelangen? Es gab drei Zimmer, eine Küche und ein Bad. In fast jedem Raum befand sich ein Alarmknopf, den ich drücken konnte, sobald ich mich bedroht fühlte. Vom Küchenfenster aus hatte ich direkten Blick auf die Rückseite des Polizeigebäudes. Tatsächlich war es albern, mich wie ein Angsthase anzustellen. Hatte ich mir nicht neulich noch vorgenommen, die Dinge selbst in die Hand zu nehmen? Carol hatte mir mehr als ausreichend einen Schreck eingejagt. Ich würde den Spieß jetzt umdrehen.

Wie vereinbart schrieb ich eine Nachricht an Emily. Zweimal täglich sollte ich mich melden, so hatten wir es abgemacht. Dies diente wohl mehr zu meiner eigenen Beruhigung, als dass dadurch tatsächlich ein Sicherheitsgewinn zu bekommen wäre.

Alles okay bei mir. Ich besorge mir heute endlich einen Mietwagen und werde ein bisschen shoppen. Ganz in der Nähe ist ja eine riesige Mall. Kann also dauern. Vielleicht gehe ich auch noch zum Frisör und lasse mir anschließend die Nägel machen.

Emily antwortete mit einem zwinkernden Smiley und antwortete:

Prima Idee! Viel Spaß dabei. Shoppen wirkt immer und gegen alles.

Von wegen Shopping in Rochesters größtem Einkaufszentrum. In Wirklichkeit hatte ich ein ganz anderes Ziel.

***

Die Route wird berechnet.

Das Navi des weißen Opels von *Alamo Rent A Car* spuckte das Ergebnis aus: zwei Stunden und sechs Minuten bis zum Zielort. Sunny Springfield wäre nicht begeistert, dass ich schon wieder eine ausländische Marke fuhr.

Ich musste mich beeilen, denn wenn mich nicht alles täuschte, holten die meisten Eltern ihre Kinder nachmittags um drei aus dem privaten Kindergarten in Fairmont ab. Harper Miller war mit ihren fast sechs Jahren die Ältere, Benjamin war erst vier. Carol hatte mir an unserem Abend im Club einiges über die niedlichen Geschwister erzählt und stolz Fotos gezeigt. Beide hatten glatte, mittelblonde Haare. Harper trug ihre lang und meistens zu typischen Mädchenfrisuren gebunden. Seine waren an den Seiten kurz geschoren, das Deckhaar länger. Ich erinnerte mich, dass ich seinen Look spontan als militärisch empfand. Gefiel mir nicht, aber der stolzen Mutter verriet ich das natürlich nicht. Carols Kinder sahen ausgesprochen hübsch aus mit ihren großen, dunklen Kulleraugen und der sportlich-schicken Kleidung. Eine echte Vorzeigefamilie eben.

Vielleicht sollte ich doch Benjamin nehmen, grübelte ich, während ich auf dem schnellsten Weg die Stadt verließ und mich auf den Highway einfädelte. Ein Mädchen, das nächstes Jahr in die Schule kam, war bestimmt schwieriger zu überrumpeln als dessen kleiner Bruder. Andererseits waren meine Skrupel bei einem Kleinkind wesentlich größer. Ich wollte dem Kind – welchem auch immer – selbstverständlich keine Angst einjagen. Ganz im Gegenteil. Ich liebte Kinder, sonst wäre ich wohl kaum Lehrerin geworden. Auch Gewalt lehnte ich kategorisch ab. Deshalb wehrte ich mich innerlich gegen den Begriff Entführung. Klar, per Definition wäre es eine Entführung, wenn ich eines von Carols Kindern aus dem Kindergarten mitnehmen würde. Aber ich plante, es nur als sehr kurzes Druckmittel zu benutzen. In der Zwischenzeit würde es Pommes, Burger und Popcorn geben. So was Ungesundes bekamen die armen Kids bei der Zimtzicke Carol bestimmt nur selten.

Das Hauptproblem bestand darin, dass Harper und Benjamin mich nicht kannten. Ich benötigte eine überaus plausible Begründung, weshalb ich einen von ihnen mitnahm. Der Klassiker »Die Eltern hatten einen Unfall – ich bin eine Nachbarin und soll die Kinder abholen« überzeugte heutzutage keine Erzieherin mehr. Als Pädagogin wusste ich genau, mit welch Argusaugen Fremde begutachtet wurden. Man durfte Schutzbefohlene nicht ohne Weiteres herausgeben. Schon gar nicht, wenn die Kleinen einen noch nie gesehen hatten und einem deshalb auch nicht freudig in die Arme sprangen, sondern die fremde Person skeptisch musterten. Es bedurfte eines ausgefeilten Plans, um Carol aus der Reserve zu locken, ohne dass sie mir erneut etwas antat. Ich wollte mit ihr reden, und sie sollte ehrlich sein. Die einzige Methode, um das zu erreichen und die mir einfiel, war das Aufspüren ihrer Kinder. Für ihre Lieblinge würde sie wie jede Mutter dieser Welt zu allem bereit sein. Sogar mit mir sprechen, ohne mich grün und blau zu schlagen.

Dass es nicht die feine Art war, ein unschuldiges Kind zu kidnappen, war mir klar. Aber es war kein Kidnapping. Es war ein Mittel zum Zweck. Ich musste etwas tun, um endlich mein Leben normal weiterführen zu können. Ich hatte absolut keine Lust, draufzugehen. Die phlegmatische Polizei unternahm offenbar überhaupt nichts. Man stellte mich in einem Apartment ruhig und wartete ab, was geschah. An Carol hatten die Ermittler offenbar kein Interesse. Ich war gezwungen, mich selbst darum zu kümmern.

Nervös trommelte ich mit den Fingern auf dem Lenkrad. Einen Plan hatte ich immer noch nicht, obwohl ich die gesamte Fahrtzeit darüber nachgegrübelt hatte. Doch kaum war ich konkret damit beschäftigt, einen Gedankengang näher auszufeilen, schoben sich die Bedenken darüber. Ich riskierte meinen Job mit einer solchen Aktion. Keine Schule würde mich nach einer Kindesentführung mehr einstellen. Vielleicht kam ich sogar hinter Gitter.

Andererseits befand ich mich ohnehin in einer Sackgasse. Mein Privatleben war doch sowieso ein Trauerspiel – und meine Arbeit, brauchte ich die wirklich, um glücklich zu sein? Ich horchte tief in mich hinein und kam zu der Erkenntnis, dass ich mir auch andere Berufe für mich vorstellen konnte. Zur Not müsste ich eben wieder ganz von vorn anfangen. Keine völlig absurde Idee, die durchaus ihren Reiz hatte. In erster Linie wollte ich leben. Und wenn Carols Bedrohungen so weitergingen, sah es verdammt schlecht aus mit dem Weiterleben.

Der Kindergarten war mit einem hohen Zaun von der Straße abgegrenzt. Ich stand nun schon seit fünf Minuten gegenüber der Eingangspforte, malträtierte das Steuer und würde mich verdächtig machen, wenn ich noch länger das Gebäude beobachtete. Darum fuhr ich ein Stück weiter ran und parkte direkt neben dem Zaun. Manchmal war es hilfreich, so dreist wie möglich zu sein. Ich beschloss, in die Offensive zu gehen und mich selbst nicht als Kidnapperin zu betrachten. Wenn ich mich wie eine Freundin Carols betrachtete, vertrauten sie mir am ehesten. Immer so nah wie möglich an der Wahrheit bleiben, dann fliegt eine Lüge am wenigsten auf.

Da war er endlich, mein Plan.

Souverän stieg ich aus dem Wagen und marschierte zielstrebig zum Tor, schaute mich nicht suchend um, sondern tat so, als sei ich schon hundertmal hier gewesen. Ich, Britney Berenson, Freundin von Carol Miller, holte Harper etwas früher als sonst ab, weil meine Tochter und sie überraschend an einem Cheerleader-Training teilnehmen durften. Dorthin würde ich Harper bringen, denn meine Kleine sei schon da. Das war eine plausible Begründung, wirklich hervorragend.

Während ich darauf wartete, dass eine Pädagogin zu mir kam, stockten meine Gedanken plötzlich. Wie hieß mein Kind eigentlich? Um Himmels willen, welchen Namen sollte ich nehmen? Ich kannte unzählige Kindernamen. Chloe, Emma, Charlotte, Avery, Madison. Ich konnte mich partout nicht entscheiden. Als sei dies mein größtes Problem, brach mir kalter Schweiß aus. Ich benötigte dringend einen Namen für meine fiktive Tochter!

Erin. Endlich war der Groschen gefallen. So sollte meine Kleine heißen. Erin Berenson. Das klang so zauberhaft, dass ich mich anstrengen musste, um nicht einem akuten Wehmutsschub nachzugeben. Mein Herz drohte schwer wie Blei zu werden, weil doch so erst alles angefangen hatte: mit meiner Traurigkeit und dem Neid auf Carols Familienglück. Wieso war ich nicht die Mutter eines niedlichen Mädchens mit wippendem Pferdeschwanz? Erin hätte es so gut bei mir. Wir zwei wären ein Dreamteam, mein Mini-Me und ich. Ich wollte so gerne eine richtige Mama sein. Mit der Entführung eines Mädchens erfüllte ich das Klischee einer verzweifelten Irren, die ungewollt kinderlos geblieben war und sich als Ersatz verbrecherisch eines besorgte. Vielleicht sollte ich doch besser den Jungen ... Die diffusen Geistesblitze wurden abrupt unterbrochen, als eine stämmige, dunkelhäutige Frau auftauchte. Mit energischen Schritten kam sie auf mich zu und blieb auf der anderen Seite des Zauns vor mir stehen.

»Kann ich Ihnen helfen, Ma'am?«, erkundigte sie sich.

»Ja, ich möchte die Spielfreundin meiner Tochter abholen. Ihr Name ist Harper Miller.«

»Die Mäusegruppe ist doch heute gar nicht hier.«

»Ach so, das wusste ich nicht.« Die Lügen gingen mir wie von selbst über die Lippen. »Machen die einen Ausflug?«

Sie seufzte, als habe ich die dümmste Frage der Welt gestellt. »Die sind beim Sport.«

»Klar. Ich habe die Daten nicht so im Kopf. Im Kindergarten meiner Tochter ist das anders geregelt. Dort hat man Sport in Blöcken.«

»Hören Sie. Ich habe keine Zeit und muss jetzt wieder an die Arbeit.«

Ohne einen Gruß verschwand sie. Immerhin war ich ihr nicht auffällig vorgekommen. Für sie war ich eine lästige Ablenkung gewesen, mehr nicht. Aber von wem bekam ich jetzt eine Information, wo die Kinder Sport hatten? Zu dieser Jahreszeit turnten sie bestimmt nicht draußen, also schieden der *Veterans Park* und der *Cedar Creek Park* als Möglichkeit schon mal aus. Ich hatte einmal im Nebenraum eines Fitnessraums einen ganzen Haufen Kleinkinder gesehen, aber ob es sich dabei um die Betreuungsgruppe der dort trainierenden Mütter handelte oder um die Kindergartengruppe, wusste ich nicht.

Verdammter Mist, wo steckten die Kinder? Ich saß inzwischen wieder in meinem Mietwagen und startete den Motor. Doch wohin sollte ich fahren? Ziellos gurkte ich durch die Straßen und achtete auf die Schilder an den Gebäuden. Konnte ja sein, dass irgendwo so etwas wie *Sportsclub Kids* dranstand. Oh Mann, wie weit war es mit mir gekommen? Das war richtig armselig. Ich fuhr herum wie ein Triebtäter auf der Pirsch. Schlimm, ganz, ganz schlimm. Vor Entsetzen und Grusel über mich selbst schossen mir Tränen in die Augen und vernebelten die Sicht auf den Straßenverkehr. Wenn ich jetzt noch einen Unfall baute, war das Chaos perfekt. Emily würde mir nicht mehr vertrauen, wenn sie rausbekäme, dass ich mich in Fairmont statt in Rochester aufhielt.

Um in Ruhe heulen zu können, bog ich bei der nächsten sich bietenden Möglichkeit scharf rechts ab und landete in einer Sackgasse, an dessen Ende sich ein kleines Wäldchen befand. Links und rechts der Straße standen vereinzelte Trailer, die nicht bewohnt zu sein schienen. Vermutlich war dies nicht die beste Gegend in der Stadt, weshalb die Leute hier auch so schnell wie möglich wieder weggezogen waren. Dennoch beruhigte mich die verlassene Atmosphäre dieser Oase inmitten Fairmonts. Es war so schön still und friedlich.

Ein paar Katzen streunten auf der ungemähten Rasenfläche vor dem Waldstück herum. Ich hielt am

Straßenrand und spazierte zu den Katzen, die auf dem Boden eine Papiertüte mit Essensresten gefunden hatten. Als ich mich bückte, um sie zu streicheln, liefen sie ängstlich davon. Nur eine war mutig und legte sich auf die Seite.

»Na, du Schönheit«, flüsterte ich und streichelte ihr übers rot getigerte Fell. Wohlig streckte sie den Rücken durch und schnurrte. Sie sah nicht wie eine Straßenkatze aus, sondern war gepflegt und sauber. Eine Marke oder ein Halsband trug sie allerdings nicht. »Am liebsten würde ich dich mitnehmen. Ob du wohl jemandem gehörst?«

Dass in mir ein solches Kidnapper-Potenzial steckte, hatte ich bis vor wenigen Stunden auch nicht geahnt. Was war nur mit mir los? Es war jedoch immer noch besser, eine herrenlose Katze mitzunehmen, als ein wehrloses Kind zu klauen.

18

»Beißt die?«, erklang neben mir eine Kinderstimme.

Erschrocken sah ich hoch. Neben mir standen zwei Knirpse in Sneakers und dunkelblauen Trainingsanzügen und schauten sehnsüchtig auf Tigerlilly, wie ich die Katze mittlerweile insgeheim getauft hatte. Die beiden mussten etwa in Harpers Alter sein, fünf oder sechs Jahre alt. Wo kamen die denn plötzlich her? Ich guckte mich um und erkannte zwischen den Bäumen Silhouetten weiterer Kinder.

»Nein, sie beißt nicht. Ich streichele sie schon die ganze Zeit, und sie ist sehr lieb und zahm. Schaut … total zutraulich.«

Ich kraulte Tigerlillys Bauch. Inzwischen hatte sie es sich rücklings bequem gemacht und ließ sich von mir das Rundumverwöhnprogramm geben. Einer der Jungs ging in die Hocke und tat es mir gleich. Der andere knabberte unsicher an seinem Daumennagel.

»Gehört die dir?«, fragte er.

»Nein, ich weiß nicht, wem sie gehört. Ich bin auch nur zufällig hier. Und ihr? Gehört ihr zu den anderen Kindern dort hinten?«

»Ja, das ist unsere Gruppe. Wir machen heute im Wald Sport. Ich bin Jeremy und das ist Leroy. Und wie heißt du?«

»Britney.« Ich schluckte trocken. Das konnte nicht wahr sein. Handelte es sich womöglich um die Kindergartengruppe der Millers? Unauffällig musterte ich die Gesichtszüge der Jungs. Fehlanzeige, kein Benjamin dabei. Vermutlich auch besser so.

»Dann geht mal wieder zurück, sonst macht man sich noch Sorgen, wo ihr steckt«, kam die Pädagogin in mir durch.

Gott sei Dank war ich noch die alte Britney mit anständigen Grundwerten. Ich war also doch ein guter Mensch und freundlich zu Kätzchen und kleinen Kindern.

»Gleich«, murmelte der streichelnde Junge. »Die ist echt voll verschmust. Meine Oma hat auch eine Katze, aber die kratzt mich immer. Diese hier finde ich viel besser und hübscher.«

»Ich finde sie auch toll. Aber ihr müsst jetzt zu den anderen Kindern gehen, damit eure Erzieherin nicht nach euch suchen muss.«

»Die sucht sowieso schon einen. Benjamin ist nämlich weg.«

»Was?« Aufgeregt schnappte ich nach Luft und sah zum stehenden Bengel, der selbstvergessen in der

Nase bohrte und Tigerlilly aus sicherem Abstand beobachtete. Er ergriff das Wort.

»Das ist ein Junge, aber noch ein kleiner. Der ist abgehauen. Mrs. Ricci sucht sogar im Wasser, aber ich glaube, der ist da nicht. Der ist bestimmt auf einen Baum geklettert. Benjamin ist zwar noch ein Baby, aber er kann klettern wie Spiderman.«

»Oh Gott, das ist ja schrecklich! Mrs. Ricci ist eure Erzieherin, oder? Seid ihr nur mit einer Kindergärtnerin hier?«

»Das heißt nicht Kindergärtnerin, sondern Erzieherin.«

»Du hast vollkommen recht«, stimmte ich dem kleinen Klugscheißer zu, der nichts dafürkonnte, dass Pädagogen den Leuten einen solchen Blödsinn einbläuten. Ich war selbst keinen Deut besser.

»Mrs. Garret ist eigentlich auch mit, aber ich weiß nicht, wo sie jetzt ist.«

»Ah, okay. Sie sucht Benjamin bestimmt auch, oder?«

Die Jungs zuckten ratlos mit den Schultern. Tigerlilly war gerade eindeutig interessanter für sie. Ich war es gewohnt, mit älteren Kindern zu sprechen. Bei denen gelangte ich mit geschickten Ausfragemethoden schneller zum Ziel. Die Kindergartenkinder hingegen brachten mich an meine Grenzen. Immerhin hatte ich begriffen, dass ein kleiner Junge namens Benjamin unbemerkt die Kindergartengruppe verlassen hatte und die beiden Erzieherinnen vermutlich fieberhaft nach ihm suchten. Mindestens eine von ihnen befürchtete, er könne ertrunken sein. Die andere war zumindest für diese beiden Jungs nicht mehr anwesend. Vielleicht suchte sie hektisch die Gegend ab. Was für ein Albtraum!

»Ist Benjamin zufällig der Bruder von Harper?«

Erstaunt fragte der stehende Junge: »Kennen Sie ihn?«

Bingo.

Verflucht. Carols Kind war spurlos verschwunden, noch bevor ich überhaupt irgendwas angestellt hatte. *Karma, Baby.* Ach, Blödsinn, ich hatte doch nicht durch ein reines Gedankenspiel ein Kind auf dem Gewissen! So was gab es überhaupt nicht, das war absoluter Esoterikblödsinn.

Ich antwortete nicht auf Leroys Frage, sondern erhob mich und klopfte Grashalme von meiner Hose ab.

»Kommt mit, ich bringe euch zu eurer Kindergartengruppe zurück. Wie heißt die denn?«

Ich kannte die Antwort bereits, bevor sie sie aussprachen.

»Mäusegruppe.«

***

Rund ein Dutzend Kinder zwischen schätzungsweise drei und sechs Jahren spielten unbeaufsichtigt im Wäldchen. Ich erkannte Harper sofort, obwohl die Kids allesamt genau wie Jeremy und Leroy mit den blauen Trainingsanzügen bekleidet waren. Harper und ein weiteres Mädchen gehörten zu den Großen und hatten es sich offensichtlich zur Aufgabe gemacht, die Kleinen zusammenzuhalten, damit nicht noch ein weiteres Kind verschwand. Sie weinte und wischte sich tapfer die Tränen fort, während sie abwechselnd über die Schulter nach ihrem Bruder rief und nach vorn gerichtet bestimmte: »Ihr müsst hierbleiben. Mrs. Ricci kommt gleich wieder.«

Das arme Mädchen war völlig überfordert. Das andere Mädchen vermisste immerhin keinen Bruder, gab sich aber ebenfalls größte Mühe, die Jüngeren zusammenzuhalten. Die Kinder sprangen über Äste, sammelten Steine oder rannten kreuz und quer durchs Gehölz. Aus der Ferne hörte ich eine Frauenstimme Benjamins Namen rufen.

Entschlossen eilte ich zu den Kindern, um irgendwie zu helfen.

»Hallo, wollen wir zusammen etwas singen? Habt ihr ein Lieblingslied, das ihr alle kennt und zusammen im Kindergarten singt?«

»Ja, den *Cuppycake Song*«, kreischten zwei Mädchen.

Das Lied kannte ich glücklicherweise und ließ den Kindern erst gar nicht die Wahl, etwas anderes auszusuchen. Erst einmal würden wir diesen Song nehmen, damit sie auf andere Gedanken kamen.

»Ich schlage vor, wir stellen uns alle im Kreis auf. Kommt ihr?«

»Wir müssen uns dabei aber eigentlich hinsetzen«, erklärte ein zuckersüßer Junge mit dunkelbraunen Kringellöckchen und Zahnlücke.

»Okay, dann machen wir das so. Alle ab auf den Boden, bitte sehr«, forderte ich lachend.

Erstaunlicherweise machten sie sofort, was ich sagte. Meine Schüler würden mir was husten. Bestimmt würden sich manche Eltern hinterher darüber beschweren, dass es im Herbst zu kalt dafür war, aber in dieser Ausnahmesituation war das egal. Außerdem handelte es sich ausnahmsweise nicht um mein Problem mit überbesorgten Helikoptereltern. Soweit ich es überblicken konnte, setzten sich die Kinder vollzählig zu mir und schenkten mir ihre Aufmerksamkeit. Bis auf Harper, deren Augen unruhig die Gegend nach dem vermissten Bruder absuchten. Ich konnte sie kaum ansehen, so sehr schämte ich mich für meine vorherigen Entführungsabsichten. Wie hatte ich nur so was Schreckliches ernsthaft erwägen können?

Ich klatschte in die Hände und sang los, die Kids stiegen klatschend mit ein. »You're my Honeybunch …«

Viel weiter kamen wir nicht, denn auf einmal schrie Jeremy: »Benjamin ist wieder da!«

Wir stoppten abrupt und rissen unsere Köpfe in die Richtung, aus der die Stimme einer Frau erklang.

»Alles in Ordnung, Kinder! Benjamin ist hier! Harper, hast du gehört, Benjamin geht es gut!«

»Mrs. Ricci, wo ist Mrs. Garret?«, rief ein Mädchen.

»Benjamin!« Harper rannte schluchzend ihrem Bruder entgegen, der vollkommen gelassen neben der Erzieherin hertrottete.

Schlecht schien es ihm schon mal nicht zu gehen. Immerhin ein Trost an diesem verrückten Tag. Weder war der Kleine verdreckt, noch sah er verweint aus. Ein völlig normales Kind, dem ich kein Haar krümmen könnte. Mir schlug die Sache langsam auf den Magen. Ich war kurz davor, mich zu übergeben, als ich mich vom Waldboden aufrappelte. Damit es niemand mitbekam, drehte ich mich zur Seite.

»Singen wir nicht weiter?«, wollte ein Kind wissen. »Wir müssen das Lied zu Ende singen!«

»Nein, tut mir leid«, erklärte die Erzieherin, die nun direkt neben mich getreten war. »Wir singen das morgen im Kindergarten zu Ende. Für heute machen wir Schluss und fahren jetzt alle zurück. Mrs. Garret geht es nicht so gut, darum müssen wir hier leider abbrechen.«

»Och, wie doof.«

»Voll unfair.«

»Wir wollen noch nicht weg.«

»Doch, keine Widerrede. Alle schnappen sich ihre Sachen, und dann nimmt jeder seinen Partner an die Hand.« Sie wandte sich an mich. »Danke für Ihre spontane Hilfe! Antonia Ricci ist mein Name von den *Little Gardeners*, dem privaten Kindergarten unserer Stadt. Was für eine Aufregung, ich bin fix und fertig. Gott sei Dank war der kleine Ausreißer nur neben einem riesigen Baum verschwunden und hatte wohl die Zeit vergessen. Zuerst war er wohl hochgeklettert und saß irgendwo auf einem Ast. Deswegen haben wir ihn auch nicht gefunden, die Blätter boten ihm ein super Versteck. Oh Mann, die Kinder kommen immer wieder auf neue verrückte Ideen! Wir hatten schon das Schlimmste befürchtet. Meine Kollegin ist jetzt direkt von ihrem Mann abgeholt worden. Ich fürchte, die hat einen Nervenzusammenbruch. Vor Jahren hatte sie was Ähnliches erlebt, das war aber nicht so gut ausgegangen.«

»Die Ärmste«, sagte ich und zögerte, ob ich meinen Namen verraten sollte. Emily würde nie etwas von meinem Tagestrip erfahren, falls ich nicht als Heldin des Tages in den Gazetten auftauchte. Und die Wahrscheinlichkeit war bei der Sensationsgeilheit der Leute groß. Nein, das war das Risiko nicht wert. Außerdem hatte die Erzieherin mich bislang auch gar nicht danach gefragt. Sie war viel zu durcheinander, als sich darüber den Kopf zu zerbrechen. »Ich habe nur zufällig mitbekommen, was los ist. Hoffentlich konnte ich ein wenig helfen. Sie haben jetzt bestimmt alle Hände voll zu tun, um die Rasselbande zurück in den Kindergarten zu bekommen.«

»Oh ja«, seufzte sie. »Sie haben nicht noch eine Viertelstündchen Zeit und könnten ein paar Kinder mit zurückbringen? Mir fehlt jetzt ja meine Kollegin als zweite Fahrerin. In meinen Van passen acht Kinder, das heißt drei sind über. Ich kann aber natürlich jemanden anrufen, damit man uns abholt. Im Anschluss sollen die Kinder sowieso heim. So könnten einige Eltern auch direkt mit ihren Kindern nach Hause fahren. Ach, ich weiß auch nicht, was am Sinnvollsten ist. Hm.«

»Kein Problem, ich nehme gern einen Schwung mit, damit Sie hier erst mal wegkommen«, hörte ich mich sagen. »Drei sind kein Problem. Ich habe allerdings keine Kindersitze.«

»Die gebe ich Ihnen, das ist kein Problem. Danke! Das ist supernett von Ihnen! Darf ich Sie nach Ihrem Namen fragen? Bitte nicht falsch verstehen, aber ich muss hinterher Bericht erstatten. Wenn ich Ihren Namen nicht im Tagesprotokoll angebe, bekomme ich Ärger. Bürokratischer Mist.« Sie rollte mit den Augen und lächelte.

»Die Frau heißt Britney und ist voll nett. Ich möchte bei ihr mitfahren!«, erklärte Jeremy und positionierte sich neben mich. »Ich habe sie zuerst entdeckt.«

»Gar nicht wahr, ich habe sie zuerst entdeckt. Aber ich fahre lieber bei Mrs. Ricci mit.« Leroy senkte schüchtern den Kopf und stellte sich neben seine Erzieherin.

Na super. Meinen Namen geheim zu halten, hatte ja hervorragend geklappt. Einer nach dem anderen kam zu uns gestürmt und teilte mit, bei wem er mitfahren wollte. Jetzt oder nie … Ich hatte immerhin ursprünglich einen triftigen Grund gehabt, die weite Strecke auf mich zu nehmen. Nie war die Gelegenheit günstiger als jetzt, um die Miller-Kinder einzusacken.

»Ich kann Benjamin und seine Schwester direkt nach Hause bringen, wenn Sie wollen. Die beiden haben bestimmt Priorität nach dem Trubel.«

»Und mich. Ich habe zuerst gefragt.« Jeremy ließ nicht locker. Er würde ein richtig nerviger Katzenbesitzer werden, so viel stand fest.

»Klar, du kommst auch mit«, kapitulierte ich.

Wenn ich schon mal ein Kind entführen wollte … Jetzt hatte ich drei an der Backe. Wirklich großartig.

»Yeah!«, jubelte Jeremy und streckte Leroy die Zunge raus.

»Alle mal Ruhe jetzt!«, forderte Mrs. Ricci. »Vielen Dank, Mrs. …?«

»Berenson.« Es war sowieso schon alles egal.

»Mrs. Berenson. Harper ist schon sehr vernünftig. Die wird Ihnen den Weg beschreiben. Es sind nur wenige Meilen von hier bis zu ihrer Familie.«

Ich weiß, dachte ich, *ich weiß*.

***

»Hier geht es nicht lang. Sie müssen da vorn abbiegen«, erklärte Harper und wies mit dem Zeigefinger nach rechts.

»Ja, das ist richtig. Aber wir nehmen eine andere Strecke«, beruhigte ich sie und legte so viel Schmelz wie möglich in die Stimme, damit sie sich nicht fürchtete. »Wir machen noch einen kleinen Umweg. Soll eine Überraschung für euch sein.«

»Ich weiß nicht …«, murmelte sie. »Haben Sie Mom oder Dad Bescheid gesagt? So was dürfen wir eigentlich nicht.«

»Natürlich, es ist alles geregelt. Ich habe das vorhin mit Mrs. Ricci besprochen, als ich eure Kindersitze geholt habe. Sie sagt euren Eltern Bescheid. Mach dir keine Sorgen, Süße.«

Harper saß neben mir, die beiden Jungs waren hinten in ihren Kindersitzen angeschnallt. Ein Blick in den Rückspiegel offenbarte die Müdigkeit der Jungs. Benjamin, der bislang kaum einen Mucks von sich gegeben hatte, fielen die Augen immer wieder zu. Mühsam riss er sie auf, doch wenige Sekunden später fielen sie erneut wie bei einer Puppe zu. Jeremy hingegen plapperte energisch gegen die Erschöpfung an und rieb sich nur dann die Augen, wenn er sich unbeobachtet fühlte.

»Vielleicht finden wir ja wieder eine Katze wie Tigerlilly. Das wäre eine tolle Überraschung«, spekulierte er hoffnungsvoll. »Die war so süß. Benjamin, meine Oma hat auch eine Katze.«

»Lass Benjamin in Frieden, der ist müde«, maßregelte Harper ihn.

Sie war die Beschützerin ihres kleinen Bruders, das spürte man in all ihren Handlungen. Obwohl er hinter ihr saß und sie ihn nicht sehen konnte, fühlte sie sich für sein Wohlergehen verantwortlich und erahnte seine Worte, bevor er sie aussprach. Außerdem war sie fürchterlich nervös, weil wir nicht nach Hause fuhren. Sie tat mir entsetzlich leid, und die Scham kroch wie eine züngelnde Schlange an mir hoch. Aber ich musste das jetzt durchziehen, eine günstigere Gelegenheit böte sich mir nie wieder.

»Mach du ruhig auch deine Augen ein bisschen zu, Harper. Es dauert noch etwas, bis wir da sind. Jetzt ist alles gut. Benjamin ist ja wieder da, und es ist nichts Schlimmes passiert. War bestimmt sehr aufregend für dich, hm?«, fragte ich.

Leise antwortete leise: »Das war schlimm. Ich hatte so doll Angst, dass er in den See gefallen ist. Oder dass ein böser Mann ihn entführt hat. Wo fahren wir denn eigentlich hin?«

»Zu einem Spieleparadies, einem Indoor Playground.« Warum sollte ich es ihr noch nicht verraten? Dafür gab es keinen Grund, denn sie würde es gleich eh sehen. Außerdem war sie zu jung, um heimlich während der Autofahrt am Handy einen Notruf abzusenden. Wahrscheinlich hatte sie noch nicht mal ein Handy. »Kennst du so was?«

»Ja, wir waren mal mit Mommy and Daddy in einem. Aber nicht in Fairmont. Hier ist doch gar kein Indoor Playground!«

»Oh, cool«, jubelte Jeremy. »Wie auf einem Kindergeburtstag! Ist da auch eine Rutsche mit Bällebad?«

»Bestimmt gibt es auch ein Bällebad«, sagte ich. »Das Spielhaus ist zwar nicht in Fairmont, da hast du recht, aber es ist nicht weit entfernt. In Imogine.«

Aus dem Augenwinkel nahm ich Harpers besorgtes Stirnrunzeln wahr. »Benjamin muss aber eigentlich was essen«, versuchte sie ihr Glück. »In Imogine wohnt ein Freund von Daddy. Bei dem waren wir mal zum Barbecue eingeladen, und Benjamin ist im Auto eingeschlafen.«

Mit jeder Minute schloss ich sie mehr ins Herz und ertappte mich bei dem Gedanken, dass eine unfreundliche Person wie Carol gar nicht solch eine tolle Tochter wie Harper verdient hatte. Dabei handelte ich nicht besser, indem ich sie immer weiter von ihrem Zuhause entfernte. Dieses Kind war vernünftiger und verantwortungsbewusster als wir Erwachsenen zusammen.

»Wir essen dort auch was. Mögt ihr Pommes und Nuggets? Oder lieber Burger?«

»Lieber Nuggets. Na gut. Vielleicht ist es da ja wirklich schön.«

»Ganz bestimmt, Harper. Ihr tobt da ein bisschen rum, ich bestelle in der Zeit das Essen, und nach einer Stunde fahren wir wieder zurück, und ich bringe euch nach Hause. Okay?«

»Okay. Darf ich Sprite trinken?«

»Natürlich. Bis es in deinem Bauch blubbert«, antwortete ich grinsend und erntete endlich ein zufriedenes Lächeln von ihr.

19

Der Regen peitschte gegen die großen Scheiben des Indoor Playgrounds. Die Leute auf dem Parkplatz hielten ihre Kapuzen im Kampf gegen den Herbststurm fest. Harper, Benjamin, Jeremy und ich waren noch trocken hineingekommen, doch inzwischen zog draußen ein richtiges Unwetter auf. Dieser Umstand kam mir für meine Argumentationskette ganz recht, wenn ich später behaupten müsste, dass wir erst abwarten wollten, bis der Himmel aufklarte. Doch im Moment waren die drei ohnehin mit Toben und Spielen beschäftigt und hielten sich an den Trampolinen auf. Das Essen ließ auf sich warten. Alles war mir recht, um genügend Zeit zu schinden.

Es war bullig warm hier drin, was an den verschwitzten Kinderhorden lag, die mit roten Wangen von einer Attraktion zur nächsten rannten. Die Geräuschkulisse war nichts für schwache Nerven, doch meine Arbeit hatte mich gegen so was abgehärtet. Ich hatte es mir auf einer Sitzgruppe aus bunten Plastikquadern einigermaßen bequem gemacht, wo wir uns zuvor ausgebreitet hatten. Neben mir lagen die Kindergartentaschen und Schuhe der Kinder. Einer nach dem anderen kam zwischendurch angerannt, warf seine Trainingsjacke ab und tollte nur noch in T-Shirt und Hose herum.

Ich zückte mein Handy und wartete mit der Eingabe einer WhatsApp, bis Jeremy sein Anliegen vorgetragen hatte. Mit leuchtenden Augen hopste er auf mich zu.

»Das ist toll hier, Britney! Wir müssen ganz lange bleiben! Kannst du gleich mal gucken, wie wir springen? Soooo hoch!«

»Mache ich. Ich kann euch gut sehen von hier aus. Ihr seid richtig tolle Springer. Hüpf schön weiter, mein Schatz.«

Ich hätte es unterlassen sollen, die Kleinen ständig mit Kosewörtern zu belegen, aber es streichelte meine Seele, sie so glücklich zu sehen. Mein Defizit, keine Mutter zu sein, schmerzte stärker denn je. Ich wusste genau, dass es nicht besser, sondern schlechter wurde, wenn ich eine Bindung zu den dreien aufbaute – und trotzdem tat ich es. Gierig sog ich die Zuwendung der Kleinen auf, zugleich widerte mich meine Bedürftigkeit förmlich an.

Jeremy trollte sich davon. Ich tippte die Nachricht an Carol ein, über deren Wortlaut ich mir seit Minuten den Kopf zerbrach. Natürlich wäre es ein Klacks für die Polizei, mein Handy zu orten, doch ich ging davon aus, dass ich es ohne Polizei schaffen würde. Daher war der Kauf eines neuen Prepaidhandys auch nicht nötig gewesen. Zwischendurch hatte ich es in Erwägung gezogen, aber mir fehlte sowieso die Zeit dafür.

Hi Carol, mach dir keine Sorgen, allen geht es bestens. Die Kinder spielen, und ich bin bei ihnen. Harper, Benjamin und Jeremy sind bei mir mitgefahren, weil ich zufällig bei einem Ausflug eures Kindergartens landete. Weißt du vermutlich bereits. Jetzt zu meinem Anliegen. 1. Ich will mit dir hier vernünftig und in Ruhe reden. Da, wo wir jetzt sind. 2. Du tust mir nichts. 3. Keine Polizei. Geht das in Ordnung? Gruß, Britney

Aufgeregt drückte ich auf »Senden«. Fast im selben Moment erschienen zwei blaue Häkchen. Carol hatte die Nachricht also gelesen. Inzwischen war es vier Uhr nachmittags. Wahrscheinlich hatte sie längst besorgt im Kindergarten angerufen oder war dort hingefahren. Mrs. Ricci oder eine Kollegin würde ihr von den Vorkommnissen berichtet haben und auch davon, dass ich die Kinder in meinem Wagen mitgenommen hatte. Ob sie bereits Panik verspürte und vor Sorgen fast umkam? Ich hoffte das nicht, denn wozu eine rasende Carol Sue Miller in der Lage war, hatte ich nun mehrfach schmerzlich zu spüren bekommen. Nein, ich hegte die Hoffnung, sie würde erst jetzt, wo sie meine Handymitteilung las, einen Heidenschreck bekommen.

Ah, auf meinem Display erschien die Mitteilung, dass Carol gerade etwas schrieb. Ich wurde immer hibbeliger.

Bist du von allen guten Geistern verlassen? Ich ruf dich jetzt an, dann gibst du mir auf der Stelle Harper!

Gleichzeitig ging ihr Anruf ein, doch ich drückte ihn weg und tippte eine neue Mitteilung.

Komm einfach hierher, Carol. Aber erst stimmst du meinen Bedingungen zu. Dann sage ich dir die Adresse.

Ich kämpfte kurz mit meinem Gewissen. Dann fügte ich als Nachsatz hinterher:

Sonst geschieht ein Unglück.

Oh Gott, was hatte ich angerichtet? Ich hatte ihr tatsächlich gedroht. Dabei würde ich ihren Kindern und Jeremy natürlich nie im Leben etwas antun. Allerdings konnte ich sie schlecht ohne ein Druckmittel erpressen. Und als Druckmittel galten nun mal die Kinder.

Nichts passierte. Minutenlang verfasste Carol keine Antwort, aber meine Texte hatte sie gelesen. Was, wenn sie jetzt die Polizei informierte? Darüber durfte ich nicht nachdenken, sonst drehte ich durch.

»Kuckuck, Britney«, rief Benjamin kichernd aus einem knallroten Plastiktunnel hervor, in dem er es sich inzwischen gemütlich gemacht hatte.

»Kuckuck«, echote ich und winkte ihm zu.

Paradox, dass er genau jetzt auftaute und zu mir Vertrauen entwickelte, wo seine Mutter mir am liebsten an die Gurgel gegangen wäre. Mal wieder.

Plötzlich erschien ihre Antwort. Ich stöhnte vor Erleichterung so laut auf, dass eine andere Mutter – ich bezeichnete mich innerlich schon als Mutter! *Nein, Britney, du bist keine Mutter!* – irritiert zu mir rübersah. Entschuldigend zuckte ich mit den Achseln.

Einverstanden. Wo seid ihr?

Eilig textete ich zurück.

Wir sind im Indoor Playground in Imogine. Das liegt direkt an der Mainstreet. Harper meint, ihr wart schon mal hier. Bis gleich. Und keine Tricks. Ich will nur ein Treffen mit dir und endlich vernünftig reden!

Ihre Antwort bestand aus einem hochgestreckten Daumen. Ob das gut gehen würde? Es gab so viele Möglichkeiten, was als Nächstes geschehen konnte. Ich ging sie gedanklich Punkt für Punkt durch, um für alle Eventualitäten gewappnet zu sein.

Carol hätte mit der Polizei auftauchen können, eventuell noch mit Noah und Jeremys Eltern im Schlepptau. Möglicherweise sogar mit Mrs. Ricci. Das wäre eine sehr schlechte Variante. Besser, ich verdrängte sie zügig. Die Polizei könnte allein aufkreuzen. Noch schlechter. Oder Carol käme atemlos zur Tür reingestürmt, würde zuallererst ihre Kinder suchen, sie finden und vor mir in Sicherheit bringen. Vielleicht wäre sogar ein kurzes Gespräch möglich, aber der Sinn der Aktion wäre verpufft. Ausreichend Zeit für klärende Worte hätte sie auch nicht, denn die Kinder säßen wartend im Auto oder direkt neben uns.

Es half nichts, ich hatte keine andere Wahl. Ich musste die Kinder verstecken.

Gegenüber von unserem provisorischen Refugium hatte sich eine Kindergeburtstagsgesellschaft breitgemacht. Sie war schon dagewesen, als die Kinder und ich angekommen waren. Vater, Mutter, vielleicht zehn Kinder und jede Menge Papphütchen, Luftschlangen und Geschenketütchen markierten ihr Reich inmitten des Chaos. Außerdem gehörte eine Nanny oder eine Babysitterin zu der Gruppe. Sie rannte die ganze Zeit hinter der Schar her, während die Eltern des Geburtstagskindes einen Donut nach dem nächsten verdrückten und sich einen Teufel um die Party scherten. Bislang hatten mich die Leute genervt, und ich schaute meist in eine andere Richtung, wenn unsere Blicke sich kreuzten. Das Geburtstagskind war ein vorlautes Mädchen namens Madison

Lee, seit heute sieben Jahre alt. Ihre Freundinnen stritten sich in einer Tour, und die Eltern waren mir schlichtweg unsympathisch. Doch jetzt setzte ich mich hilfesuchend zu ihnen und lächelte sie freundlich an, denn mir war eine Idee gekommen.

»Hi, darf ich kurz stören?«

»Hau raus«, antwortete der Vater schmatzend. »Was geht ab?«

»Ich wollte fragen, ob ihr mir für eine halbe Stunde eure Babysitterin ausleihen könntet. Da hinten ist doch noch ein Raum, oder?«

Mit einer entsprechenden Kopfbewegung wies ich nach hinten. Per Suchanfrage hatte ich auf meinem Smartphone erfahren, dass es noch ein weiteres Spielzimmer gab – und zwar ausschließlich mit Automaten, in die man Geld stecken musste. Einarmige Banditen, Pinball, Videogames ... all so was, von dem ich keine Ahnung hatte und meine drei Kids vermutlich ebenfalls nicht. Sie erweckten jedenfalls nicht den Eindruck, als ob ihre Eltern sie in Spielcasinos einschleusten und dort mit Münzen ruhigstellten, sondern waren ganz normale Kinder. Aber ganz normale Kinder würden verdammt viel Spaß daran haben.

»Jupp, da ist das Zockerzimmer«, erklärte die Mutter. »Wieso sollten wir das tun? Wir brauchen Hailey selbst, sonst müssen wir uns um den ganzen Scheiß allein kümmern.«

Da ich keine Zeit zu verlieren hatte und Carol in spätestens zehn Minuten auftauchen konnte, kam ich schnell zur Sache. »Was wollt ihr dafür haben? Es ist echt wichtig. Ich muss gleich in Ruhe mit einer Freundin quatschen. Die Kinder müssen unbedingt im Zockerzimmer bleiben. Wenn ihr mir Hailey für dreißig bis sechzig Minuten ausborgt, lasse ich was springen.«

Sie bekamen große Augen und nickten sich zu.

»Fünf…«, setzte der Typ an, doch sein geldgeiles Weib funkte ihm dazwischen und verlangte eiskalt: »Hundert. Sonst kommen wir nicht ins Geschäft.«

Zähneknirschend griff ich zu meiner Geldbörse. Was für ein Wucher! Die machten das Geschäft ihres Lebens. Ihre diebische Freude darüber konnten sie kaum verbergen.

»Es muss sehr schnell gehen, bitte. Könnt ihr sie herholen? Ich schnappe mir schnell meine drei und komme gleich mit ihnen hierher zurück an den Tisch.«

»Kein Ding. Wer gut zahlt, bekommt guten Service. Hailey!«, brüllte er lautstark durch den ganzen Raum. »Komm her! Aber dalli!«

***

Geschafft. Erschöpft zog ich die Tür zum Zockerzimmer hinter mir zu. Die typischen Geräusche der Spielautomaten hallten in mir nach. Dring, pling, boing. Es hatte einiges an Überzeugungsarbeit bedurft, bis ich Harper, Benjamin und Jeremy davon überzeugen konnte, mit der sechzehnjährigen Hailey mitzugehen. Sie war an diversen Körperstellen tätowiert und trug einen fetten Nasenring, außerdem kaute sie unentwegt mit offenem Mund ein Kaugummi. Besonders Harper schien das überhaupt nicht zu gefallen, obwohl Hailey sich alle Mühe gab, freundlich und motivierend rüberzukommen. Am leichtesten war es noch bei Jeremy gewesen, der bei der Aussicht, so viel Münzen, wie er wollte, in Spielgeräte zu stecken, Hummeln im Hintern bekam und die Sorge wegen meiner kurzen Abwesenheit verdrängte.

Die ganze Aktion kostete mich ein Vermögen. Von den einhundert Dollar, die ich an Madison-Lees Eltern abgedrückt hatte, mal ganz abgesehen, drückte ich Hailey drei weitere kleine Scheine in die Hand, die sie zur Not in Coins umtauschen musste, wenn die ebenfalls überreichten Münzen nicht ausreichten sollten. Und ich ahnte, dass sie sowieso nicht reichten.

Während das Geburtstagskind brüllte wie am Spieß, weil seine Babysitterin an andere Kinder verkauft worden war, trichterte ich Hailey ein, dass sie alles in ihrer Macht Stehende tun sollte, um die Kinder im Raum zu halten.

»Nur nicht schlagen oder gewaltsam festhalten, okay?«, hatte ich gefordert. »Von mir aus denk dir ein paar harmlose Lügen aus. Hauptsache, sie bleiben bei dir. Zeig ihnen die Geräte, albere mit ihnen herum, sing Lieder – ganz egal. Sie dürfen nicht rauskommen. Kriegst du das hin?«

»Ich bin mit den Freundinnen von Madison-Lee klargekommen. Da werde ich wohl auf ein paar Babys aufpassen können.«

»Gut, dann viel Glück. Ich hole euch ab, wenn ich fertig bin. Du schaffst das.« Ich reckte beide Daumen hoch.

»Ja, Mann, chill mal.«

Die Kinder kannten dunkle Räume mit bunt blinkenden Automaten nur aus dem Fernseher. Fasziniert und ängstlich zugleich waren sie zuerst wie angewurzelt stehen geblieben und schauten dem stummen Treiben der anderen Kids zu, die wie paralysiert mit Joysticks und kleinen Lenkrädern vor den piepsenden Kästen hantierten. Zwar besaßen sie daheim Spielekonsolen, aber dort zockten sie im Wohnzimmer und nicht wie hier in einem anonymen, düsteren Nebenraum an einem fremden Ort. Selbst ich empfand die Szenerie als unwirklich, und ich verließ die drei mit ihrer Babysitterin nur ungern und mit einem flauen Gefühl im Magen. Wie um mich selbst zu beruhigen, erklärte ich ihnen, dass es ein stinknormales Zimmer mit Plastikspielzeug sei, in dem lediglich das Licht ausgeknipst war. Schaltete man es an, sah es aus wie in einer Shoppingmall. Das schien ihnen plausibel zu sein, und ich versprach, sie ganz bald wieder abzuholen.

20

»Britney!«, kreischte Carol, als sie wie eine Furie ins Spieleparadies stürmte.

Ich hatte den vorderen Bereich noch nicht ganz erreicht, doch sie hatte mich bereits von Weitem gesehen. Sie sah schon wieder so verrückt aus wie in der Hütte am Lake Hall. Dieses Mal hatte sie wenigstens einen triftigen Grund, sauer auf mich zu sein. Ihr Anblick jagte mir Angst ein. Die Augen waren rot und verquollen, die Haare hatte sie straff nach hinten gebunden, und ihre Kleidung troff wieder vor Nässe. Sie war die reinste Naturkatastrophe.

»Pscht«, machte ich und eilte mit großen Schritten auf sie zu, legte einen Zeigefinger an die Lippen und schüttelte den Kopf. »Nicht so laut.«

Wie zwei Kampfhennen standen wir uns mitten im Raum gegenüber, um uns herum lärmende Kinder. Ich spürte, wie Haileys Chefs mich beobachteten. Auf das wütende Geheule ihrer Tochter gingen sie nicht ein –

Madison-Lee verlangte lautstark Hailey zurück, und ich betete innerlich, dass sie nicht zu uns gerannt kam und sofort alles verpetzte.

»Hi Carol«, sagte ich ernst und drückte den Rücken durch. Ich war jetzt der Boss und musste auch so auftreten.

»Wo sind meine Kinder?«

»Ganz in der Nähe. Sie spielen, es geht ihnen ausgezeichnet. Sobald wir hier fertig sind, hast du sie wieder.«

»Hast du auch den kleinen Washington?«

»Hä? Wen?«

Ihre Haut verfärbte sich vor Wut noch dunkler. »Jeremy Washington aus Harpers und Benjamins Gruppe.«

»Ja, natürlich, alle drei. Sie spielen zusammen.«

»Hast du überhaupt eine Ahnung«, keifte sie, sodass ich sie erneut um eine gemäßigtere Lautstärke bitten musste, »welche Ängste Mütter ausstehen? Ich habe Jeremys Mutter vorhin kaum beruhigen können und mir totalen Quatsch ausgedacht, um allein hier aufkreuzen zu können. Die ist krank vor Sorge. Genau wie ich. Du fieses, neidisches Miststück!«

»Komm jetzt. Wir setzen uns da drüben hin, und du hörst mir zu. Wenn du nicht mit deinen Beschimpfungen aufhörst, dauert es nur noch länger, bis du deine Kinder siehst.«

Ich zog sie an einem Zipfel ihres Jackenärmels hinter mir her. Sie wollte mich wie ein lästiges Insekt abschütteln, aber ich hielt sie fest, bis wir an unserem

Platz angekommen waren. Ihre Erleichterung, als sie die Schuhe und Klamotten der Kinder entdeckte, übertrug sich auf mich. Sie atmete laut aus, und ich ließ sie los. Schutzsuchend griff sie nach einer Trainingsjacke und drückte sie an ihren Bauch. Wir setzten uns auf die bunten Plastikwürfel, unsere Knie berührten sich fast.

»Also, was willst du, Britney?«

»Ich will wissen, warum du so auf eifersüchtig auf mich bist.«

»Ich auf dich?« Ihr zynisches Lachen klang erstaunt. »Das ist ja wohl ein Witz. Andersrum wird ein Schuh draus. Du bist eifersüchtig auf mich! Vor allem auf mein Familienglück – sonst hättest du wohl nicht ausgerechnet das Wertvollste, das ich habe, gekidnappt: meine Kinder.«

Den Vorwurf musste ich mir gefallen lassen, darum schluckte ich einen fiesen Gegenangriff runter und fuhr in ruhigem Ton fort: »Deine Kinder sind wirklich großartig, und ich würde liebend gern mit dir tauschen, was sie betrifft. Harper und Benjamin sind tolle Kinder, auf die du sehr stolz sein kannst. Ich würde ihnen niemals etwas antun oder sie ängstigen, darum könnte ich sie dir auch nie im Leben wegnehmen. Du hast also recht mit der Behauptung, dass ich darauf eifersüchtig bin.« Ich machte eine Pause und sah ihr tief in die Augen. »Aber ich bin nicht eifersüchtig auf deine Gefühle für Travis. Wer will schon einen solchen Mann lieben?«

Erschrocken biss sie sich auf die Unterlippe und senkte den Blick. »Liebe ist ein großes Wort dafür«, meinte sie leise.

»Als was würdest du es denn sonst bezeichnen?«

»Ach, ich weiß nicht ...«, wich sie aus, dabei sah man ihr förmlich an, dass sie das passende Wort längst auf den Lippen hatte.

»Doch, du weißt es, Carol. Ich kann mir nämlich vorstellen, du bist ihm regelrecht hörig!« Da sie mir nicht widersprach, redete ich weiter. »Dir ist schon klar, dass er ein Serienvergewaltiger ist? Ein richtig mieses Schwein, das Frauen für seine Zwecke benutzt und missbraucht. So eine Sorte Mann ist Travis Mathewson. Glaub mir, Carol, du hast keinen Grund, auf mich eifersüchtig zu sein. Ich will ihn nämlich nicht haben. Klar, ich war auch zuerst so blöd, ihn anziehend zu finden. Aber dann habe ich gemerkt, wie er wirklich drauf ist. Wer braucht denn so was?«

»Und deswegen veranstaltest du so ein Theater?«, fragte sie entgeistert. »Um zu erfahren, was ich für ihn empfinde?«

»Ähm, bei allem Respekt, Carol, aber dir ist schon klar, dass deine Aktionen gegen mich ganz schön heftig sind? Ich habe keine Lust, mich ständig von dir angreifen zu lassen, und will das endlich ein für alle Mal geklärt haben. Weswegen tust du das?«

»Ständig ist ja nun auch übertrieben.«

»Das sehe ich anders. Aber nun wieder zu dir. Erklär mir mal plausibel, was Travis für dich bedeutet und wieso du glaubst, dass ich damit etwas zu tun habe.«

»Okay, wenn es dich glücklich macht«, gab sie zickig zurück. »Ich will irgendwann zum Ende kommen und meine Kinder zurückhaben. Nur darum verrate ich es dir und lasse mich darauf ein. Eigentlich geht es dich nämlich einen Scheißdreck an. Ich habe mich halt einfach in ihn verliebt. Ist das so ungewöhnlich? So was kommt vor. Er ist ganz anders als Noah ... leidenschaftlich, abenteuerlich. Bei Noah geht immer alles nach Plan. Der misst sogar mit einem Zollstock den Kofferraum aus, bevor wir einen Wochenendausflug mit der Familie unternehmen. Ich muss dann die Koffer genau so packen, dass alles optimal ausgenutzt ist und nicht hin und her wackeln kann. Ich hasse das! Schon zwei Tage, bevor es überhaupt losgeht, ist alles generalstabsmäßig bemessen, verplant und organisiert. Mir fehlt die Spontanität und Lebensfreude. Stattdessen immer der gleiche Trott. Und der Sex ... na ja.«

»Oje, so hätte ich Noah allerdings echt nicht eingeschätzt.«

»Du kennst ihn doch kaum!«

Dass er mir im Beisein eines nackten Kinderpopos in der Mall die Ohren vollgeheult hatte, verschwieg ich vorerst lieber, weil es mich nicht weiterbrachte.

»Wie du meinst. Jedenfalls kann ich natürlich nachvollziehen, dass so eine Ehe nicht gerade berauschend ist. Ich bin ja nicht doof. Außerdem habe ich mich gerade selbst von Paul aus sehr ähnlichen Gründen getrennt. Trotzdem kapiere ich nicht, wie du langfristig an einem Typen festhalten kannst, der Frauen vergewaltigt. Irgendwann muss man doch mal wieder aufwachen. Es gibt auch noch andere Männer.«

»Ich liebe Travis. Und er liebt mich.«

»Na klar ...« Ich rollte mit den Augen. »Travis liebt nur einen, nämlich sich selbst.«

»Es kann ja sein, dass ich naiv war. Wenn ich ehrlich sein soll, hätte ich mir sogar vorstellen können, Noah für ihn zu verlassen. Mein Leben ist manchmal echt langweilig ... Ach, Scheiße. Ich weiß doch selbst nicht, ob ich komplett bescheuert bin.«

»So sind wir Frauen wohl alle. Aus Liebe tun wir manchmal die verrücktesten Sachen.«

»Sogar Travis' Frau habe ich von unserer Affäre berichtet«, gestand sie und senkte den Kopf vor Verlegenheit.

»Echt? Du hast ja Nerven. Und wie hat sie reagiert? Warum hast du das denn gemacht? Bestimmt weil du annahmst, er traut sich nicht, und du hilfst nur ein bisschen nach, stimmt's?«

»Ja, so in etwa. Erst mal musste ich sie ausfindig machen, aber das war nicht schwer. Dann hatte ich das zeitliche Problem. Ich musste die Kinder wegorganisieren, ganz dorthin fahren – die wohnen in Lewisville – und seine Frau zu Hause antreffen, ohne dass Travis etwas davon mitbekam.«

In Lewisville lebte er also, sehr interessant. Diesen Ort hatte er mir als Ausrede genannt, als er meinen

Platten repariert hatte. Er war also auch ein Freund der Methode, beim Lügen immer ganz nah an der Wahrheit zu bleiben.

»Wie heißt sie denn?«, fragte ich. »Und was hat sie gesagt? Sie muss doch ziemlich überrumpelt gewesen sein. Es steht schließlich nicht jeden Tag eine fremde Frau vor der Tür und teilt ihr mit, dass sie die Affäre ihres Mannes ist. Stell dir vor, das würde eine Wildfremde bei dir wegen Noah machen.«

Carol blickte auf und grinste schief. »Heute wäre es mir nur recht. Aber früher hätte ich sie wohl dafür kaltgemacht.«

»Oh ja, das glaube ich dir«, konterte ich trocken. »Mit einem Tritt in den Bauch vermutlich.«

»Tut mir leid. Wobei ... Vergiss es! Tut mir doch ganz und gar nicht leid. Immerhin hast du meine Kinder entführt! Geht es ihnen wirklich gut? Wo sind sie überhaupt?« Aufgeregt rutschte sie auf dem Plastikquader herum.

»Beruhig dich wieder. Ich hole sie gleich. Also, erzähl weiter, dann sind wir schneller durch damit.«

»Meinetwegen«, seufzte sie. »Jedenfalls wäre ich heutzutage fast froh, wenn mir jemand die Entscheidung abnähme und sich Noah schnappen würde. Aber ich fürchte, für meinen Mann interessiert sich keine andere Frau – so abtörnend, wie der ist.«

»Du bist echt naiv, Carol. Ich finde Noah nicht unattraktiv.«

»Unattraktiv nicht, das stimmt wohl. Aber er ist langweilig und spießig. Und jetzt, wo ich näher drüber nachdenke, geht es Travis' Frau offenbar gar nicht so anders. Erica – so heißt sie – wirkte nämlich ziemlich desinteressiert. Mein Plan war eigentlich gewesen, Travis für mich zu gewinnen, doch das war ein Schuss in den Ofen. Sie wimmelte mich an der Haustür ab und schien nicht sonderlich geschockt zu sein. Auf der Straße wäre sie mir niemals aufgefallen. Sie sieht total normal aus. Eine gute Figur hat sie vielleicht, aber ansonsten ist sie eine Frau wie jede andere auch. Keine Ahnung, was er an ihr findet. Und ihr Wortschatz war unterirdisch.«

»Wieso?«

»Sie erklärte mir wortwörtlich, dass sie froh sei, wenn sich kleine Schlampen hergeben würden, um seine Gelüste zu befriedigen. Tja, damit meinte sie wohl mich. Beziehungsweise uns.«

»Volltreffer.«

»Erica geht es bloß darum, den äußeren Schein zu wahren und eine Ehe mit einem attraktiven Mann zu führen. Worauf er in sexueller Hinsicht steht, weiß sie ganz genau. Sie braucht das nicht und findet es sogar vorteilhaft, wenn er das mit anderen Weibern erledigt und sie dafür in Ruhe lässt. Darum sollte ich sie auch in Ruhe lassen. Sie knallte mir die Tür vor der Nase zu. Und tschüss.«

»Verrückte Welt. So abgebrüht könnte ich nie sein«, sagte ich.

»Ich auch nicht. Ich fuhr also wieder zurück nach Hause. Gebracht hatte die Aktion rein gar nichts, außer dass ich mich klein und schäbig fühlte. Ein paar

Tage hatte ich es sogar geschafft, Abstand zu Travis zu halten. Doch lange zog ich es nicht durch. Er ist … Ich weiß nicht, wie ich es richtig ausdrücken soll. Er ist wie eine Droge für mich.«

»Den Eindruck habe ich auch. Du bist ja geradezu besessen von ihm.« Ich überlegte kurz und fuhr dann fort: »Ich habe einen Brief von dir gelesen. An Travis.«

»Hä? Was? Das verstehe ich nicht.«

»Noah hat ihn mir gezeigt. Er bat mich um ein Treffen, und da hatte er diesen Brief dabei. Na ja, die Aktion fand ich auch etwas schräg, aber er wollte unbedingt, dass ich den Brief lese. Weißt du, welchen ich meine?«

»Allerdings«, stöhnte sie entsetzt. »Dieses Arschloch.«

»Das fällt unter verletzte männliche Eitelkeit, vermute ich. Er war total fertig. Ist jetzt aber an dieser Stelle egal. Mich interessiert viel mehr, wieso du schon im Sommer geglaubt hast, Travis sei an mir interessiert. Da kannte ich euch doch noch gar nicht – weder dich noch ihn.«

»Ich hatte zu der Zeit in Travis' Geldbörse einen ausgerissenen Zeitungsartikel gefunden. Okay, zugegebenermaßen hatte ich ein bisschen in seinen Sachen geschnüffelt. Ich fand jedenfalls einen Artikel über das Kollegium deiner Schule in seinem Portemonnaie. Ein Gruppenbild von euch Lehrern war auch dabei.«

»Ja, gut möglich, ich erinnere mich dunkel an den Artikel. Ich glaube, da ging es um einige Jubiläen und Entlassungen bei uns. Und weiter?«

»Dich hatte er auf dem Foto mit einem Kugelschreiber umkreist.«

»Was für ein Psycho!«, entfuhr es mir verwundert. »Der hat mich ernsthaft auf einem Bild markiert? Wie irre!« Hatte er mich etwa bewusst auserkoren und auf die Affäre hingearbeitet? Und ich Idiotin hatte an zufällige Begegnungen geglaubt. »Carol, ich sage es dir jetzt noch mal in aller Deutlichkeit: Er ist ein Verbrecher. Ich bin mir sicherer denn je.«

»Hm«, brummte sie.

»Kennst du eine Frau namens Beverly Pace?«

»Natürlich. Das ist die Frau von Clark. Wir kaufen unsere Autos immer bei ihm. Wieso?«

»Dreimal darfst du raten. Mit ihr hatte Travis auch eine Affäre. Außerdem ist sie kürzlich bei sich zu Hause von einem maskierten Einbrecher vergewaltigt worden. Die Polizei sucht den Täter zwar noch, aber ich bin mir absolut sicher, dass Travis dahintersteckt.«

Das Rattern in Carols Kopf war nicht zu übersehen. Sie dachte angestrengt nach und schien mit sich zu ringen. Mir wurde von Minute zu Minute klarer, um was es Travis eigentlich ging: um Macht. Vor Jahren hatte ich mich intensiv mit solchen Themen beschäftigt, weil ich Bücher mit wahren Kriminalfällen regelrecht verschlang. Was trieb Vergewaltiger zu ihren Taten an? An die Kernaussage eines FBI-Profilers erinnerte ich mich gut: Nicht Sex war das Leitmotiv, sondern die Macht, die über das Opfer ausgeübt wurde. Dies war zumindest die gängige Lehrmeinung, auch wenn kritische Stimmen davon ausgingen, es sei eher eine Mischung aus beiden Punkten.

Dieses Wissen erschien mir nun wie eine Erleuchtung. Den Sex bekam Travis von seinen Affären quasi auf dem Silbertablett serviert, doch das reichte ihm nicht aus. Es war ihm zu wenig Macht, einfach noch nicht genug des erhabenen Gefühls. Den restlichen Kick holte er sich, indem er die Frauen betäubte und vergewaltigte. Bei Beverly hatte er es wahrscheinlich mal mit einem anderen Vorgehen ausprobiert – durch den Einbruch wollte er sich einen noch stärkeren Flash verschaffen.

»Wir müssen dieses Monster stoppen«, beschwor ich Carol eindringlich. »Irgendwann wird er einer Frau richtiges Leid zufügen. Ich bin mir fast sicher, dass er immer heftiger vorgehen wird, um seine Gelüste zu befriedigen. Das können wir nicht zulassen.«

»Ich weiß nicht«, antwortete sie unschlüssig. »Vielleicht ist er nicht immer so übel drauf.«

»Ich kann natürlich ebenfalls nur spekulieren, aber trotzdem können wir beide doch davon ausgehen, dass er *uns* gewaltig schadet, oder?«

»Ja, das stimmt wohl ... Hm. Aber was sollen wir schon dagegen ausrichten? Er ist nicht dumm und könnte uns böse mitspielen.«

»Du brauchst vorerst gar nichts zu tun, Carol«, erklärte ich aufgeregt. »Wärst du dazu bereit, mit mir gemeinsame Sache zu machen? Ich habe eine Idee, wie wir Travis eine Falle stellen könnten. Aber ich brauche deine Hilfe dafür.«

Skeptisch legte sie die Stirn in Falten. »Einverstanden. Aber nur, wenn ich endlich meine Kinder zurückbekomme!«

»Abgemacht. Dem Arschloch werden wir es schon zeigen. Zusammen sind wir stark! So, ich hole jetzt die Kids. Ich bin gleich zurück.«

Verdattert blieb sie sitzen, worüber ich sehr erleichtert war. Plötzlich konnte mir alles nicht mehr schnell genug gehen. Ich wollte zurück nach Rochester. Musste in Ruhe nachdenken. Verspürte keinen Schmerz mehr, weil ich mich von den Kindern trennen musste. Nein, es war richtig so. Die drei gehörten zu ihren Eltern – und nicht zu mir. Endlich sah ich wieder klar.

***

Mit einem Ruck öffnete ich die Tür zum dunklen Zockerzimmer und ging hinein. Benjamin und Hailey saßen zu zweit auf einem schwarzen Monstrum, das ein Motorrad darstellen sollte. Sie hatte ihre Arme um ihn geschlungen, damit er beim Cruisen nicht vom Sattel rutschte. Lachend drehten sie am Lenkrad und starrten auf den Monitor vor sich. Harper und Jeremy teilten sich einen Hocker und warteten fasziniert darauf, dass ihr Spielautomat drei gleiche Karten anzeigte. Die Kinder bemerkten mich nicht, sodass ich einem nach den anderen auf die Schulter tippte.

»Hailey, du kannst jetzt Feierabend machen.«

»Harper, deine Mom ist da.«

»Benjamin, Mommy wartet vorne auf dich!«

»Jeremy, wollt ihr jetzt mal aufhören zu spielen? Ihr werdet abgeholt.«

Die Antwort fiel bei allen gleich aus: geistesabwesendes Kopfnicken und ein beiläufiges *»Ja, gleich, nur noch eine Runde«*. So sehr ich mich auch bemühte – ich bekam sie einfach nicht von den Geräten losgeeist. So sahen also die Spielsüchtigen von morgen aus.

Es dauerte keine fünf Minuten, bis Carol durch die Tür stürmte. Gehetzt irrte ihr Blick durch den Raum, bis ihre funkelnden Augen mich fanden. Sie war stinkwütend. Offenbar wusste sie nicht, welchem ersten Impuls sie nachgeben sollte: Sollte sie mir eine reinhauen, weil ich ihre Kinder in einer Spielhalle zocken ließ? Oder sollte sie lieber erleichtert ihre Kinder in die Arme schließen?

Gott sei Dank entschied sie sich für die zweite Variante.

Eine Viertelstunde später verließen wir unter lautem Protest der Kleinen den Indoor-Spielplatz.

»Du hörst von mir, Carol«, erklärte ich, bevor jeder von uns seine Wagentür zuzog.

»Kann ich gut drauf verzichten.«

»Ich weiß. Ich lasse mich aber trotzdem nicht davon abhalten.«

21

Der Feierabendverkehr trieb mich fast in den Wahnsinn. Für die Rückfahrt nach Rochester benötigte ich zweieinhalb Stunden Fahrtzeit sowie einen Energydrink und zwei Schokoriegel, die mich nur noch hibbeliger machten. Der Tag war so ereignisreich gewesen, dass sich in der Rückschau die Erlebnisse miteinander vermischten. Ich zwang mich, die niedlichen Kinder aus meinen Gedanken zu verscheuchen. In der kurzen Zeit waren sie mir richtig ans Herz gewachsen, sodass ihre Abwesenheit wie ein kalter Entzug war. Sie fehlten mir. Besonders Harper hatte es mir angetan, doch natürlich sah ich ein, dass derlei Wunschdenken in die völlig falsche Richtung ging. Meine eigentlichen Probleme lagen ganz woanders. Um die musste ich mich kümmern, nicht um zeitfressende Gefühlsduselei.

Als ich endlich die Tür meines Übergangsapartments öffnete, hätte ich auf der Stelle losheulen können. Die Einsamkeit traf mich mit voller Wucht. Hier fühlte ich mich fehl am Platz, ich vermisste meine Wohnung. Wie gern hätte ich mich in meinem kuscheligen Bett verkrochen, anstatt mich auf ein fremdes Sofa zu setzen, auf dem vor mir schon unzählige andere Menschen gehockt hatten, die genauso frustriert die Zeit totschlugen wie ich.

Ratlos schaute ich mich um und legte Jacke und Handtasche ab. Schon wieder verspürte ich Lust auf ein Glas Wein, doch bevor ich dem Drang zu trinken nachgab, klingelte mein Handy. *Emily Shore.*

Verdammter Mist, hoffentlich hatte sie nichts von meinem Ausflug rausbekommen, und ihr Anruf war harmloser Natur.

»Hi Emily«, begrüßte ich sie.

»Hallo Britney«, sagte sie steif. »Geht es Ihnen gut?«

»Ja, alles in Ordnung bei mir«, antwortete ich. »Ich war heute viel unterwegs.«

»Mmh, mmh«, hörte ich sie sagen und stellte mir vor, wie sie nickte und dabei die Augen skeptisch zusammenkniff, als würde sie bestens darüber Bescheid wissen, womit ich den Tag verbracht hatte. »Ich muss morgen dringend mit Ihnen reden.«

»Okay. Wann denn? Und wo?«

»Am liebsten wäre es mir, wenn Sie nach Fairmont zu mir ins Büro kämen. Bringen Sie ruhig Ihre persönlichen Sachen wieder mit. Ich glaube, wir können Sie aus der Wohnung rausholen.«

Das war nicht ihr Ernst. Innerlich stöhnte ich auf. Da hätte ich mir den weiten Weg wirklich sparen und in meinen eigenen vier Wänden übernachten können, zumal das Fenster im Schlafzimmer endlich repariert worden war. Gemerkt hätte Emily es bestimmt nicht ... Oder war das etwa als Falle gedacht? Spekulierte sie darauf, dass ich mich verplapperte?

»Ich verstehe es nicht ganz«, entgegnete ich. »Gibt es irgendwelche neuen Erkenntnisse? Und wie bekomme ich meinen *Alamo*-Mietwagen von Fairmont nach Rochester zurück? Den habe ich ja erst seit heute. Hätte ich das geahnt ...«

»Darum kümmere ich mich dann schon, Britney.« Ihre Stimme klang gereizt, als ob sie einem Kind etwas erklärt, was es eigentlich ganz genau selbst wissen sollte.

Ich hatte keine Ahnung, was sie mit dieser Aktion bezweckte. Warum sprach sie nicht direkt am Telefon mit mir? Bestimmt wollte sie mich aus der Reserve locken, denn sonst hätte sie mir doch heute früh mitteilen können, dass ich aus dem Apartment ausziehen soll. Die einzig logische Erklärung für mich war, dass sie etwas von der Kindergartensache mitbekommen hatte. Immerhin kannte man dort meinen Namen. Doch mir blieb keine Wahl. Ich war gezwungen, Emilys Aufforderung zu folgen.

»Gut, dann bin ich gegen halb elf bei Ihnen«, sagte ich.

»Zehn wäre mir lieber.«

»Kein Problem. Bis morgen.«

***

Das Kofferpacken ging schnell, ich hatte sowieso nicht viel mitgenommen. Ich legte mir Klamotten für den nächsten Tag raus, stellte die Taschen auf den Flur und ging ins Bett. An Schlaf war nicht zu denken, dafür war mein Kopf viel zu voll. Wie ich es auch drehte und wendete – dass sich Emily am Telefon distanziert verhalten und das Gespräch rasch beendet hatte, war ein unumstößlicher Fakt. Ich hatte es mir nicht eingebildet. Absolut ausgeschlossen.

Vielleicht wollte sie mich nicht nur testen, weil sie von den Erzieherinnen meinen Namen erfahren hatte und jetzt sichergehen wollte, dass es wirklich ich gewesen war, die Harper, Benjamin und Jeremy mitgenommen hatte. Vielleicht war es noch viel schlimmer, und Carol hatte mich angezeigt!

Ich wurde von Minute zu Minute nervöser und wälzte mich im Bett hin und her. Immerhin war es die letzte Nacht in diesem Schlafzimmer. Das war allerdings ein schwacher Trost, wenn man sich vorstellte, dass ich es womöglich schon bald gegen eine Gefängnismatratze eintauschte. Was sollte ich bloß tun? Was ergab am ehesten Sinn? Wäre Flucht eine Alternative? Einfach abhauen, den Wagen irgendwo stehen lassen und mit anderen Verkehrsmitteln weit, weit wegfahren. Wieso nicht? Ich hatte unfassbar viel Mist an den Hacken, da wäre es vielleicht einen Versuch wert.

Doch als mir kurz vorm Morgengrauen endlich die Lider schwer wurden, stand mein Entschluss fest. Ich würde mich meiner Verantwortung wegen meines Handelns stellen.

***

Mein letzter Blick in den Rückspiegel, bevor ich zur Polizei reinmarschierte, offenbarte das wahre Grauen: Ich sah fürchterlich aus. Ich hatte höchstens zwei Stunden geschlafen und in dieser kurzen Zeit auch noch grauenvoll geträumt. Mein Gesicht bestand quasi nur noch aus Augenringen. Die gesamte Autofahrt über hatte ich ungesundes Zeug in mich hineingestopft und mir beim Kaffeetrinken die Hose vollgekleckert. Ich war das reinste Nervenbündel. Wer wusste schon, ob ich das Police Department überhaupt noch als freier Mensch verlassen konnte? Vielleicht legte Emily mir direkt im Büro Handschellen an und ließ mich anschließend in eine karge Zelle abführen. Ein paar Jahre bekäme ich für meine Taten bestimmt aufgebrummt.

Pro forma strich ich mir die Haare glatt und lächelte meinem Spiegelbild aufmunternd zu. Möglicherweise wirkte ein umfassendes Geständnis strafmildernd. Ich würde es auf mich zukommen lassen und abwarten, wie Emily heute drauf war. Hoffentlich hatte ich mich geirrt und sie war gestern am Telefon einfach nur müde gewesen. Konnte ja mal vorkommen.

Zaghaft klopfte ich an und drückte die Türklinke herunter, nachdem Emily »Herein« gebeten hatte. Das letzte Mal war ich hier gewesen, als ich den Steinwurf zur Anzeige bringen wollte. Jetzt befürchtete ich selbst, in den Knast zu wandern. Was für verrückte Wochen.

»Guten Morgen, hier bin ich«, stotterte ich und spürte, wir mir die Tränen in die Augen traten. Mühsam hielt ich sie zurück.

»Oh, so früh! Wann sind Sie denn schon aufgestanden? Es ist doch gerade erst halb zehn.« Sie erhob sich und reichte mir die Hand.

»Ich war sowieso schon längst wach und konnte nicht schlafen, weil ...«

»Ach, das tut mir leid, Britney. Hoffentlich lag das nicht an meiner Bitte, so früh aufzuschlagen. Ich habe mich vielleicht etwas komisch ausgedrückt.«

»Na ja, ich bin selbst schuld, oder?«

»Sie? Wieso das denn?«, fragte sie überrascht.

Falls Emily mich mit einer besonders perfiden Verhörtechnik aufs Glatteis legen und mich damit aus der Reserve locken wollte, war dies ein wirklich fieser Trick. Nervös setzte ich mich ihr gegenüber hin und suchte krampfhaft nach einem Punkt an der Wand, den ich fixieren konnte.

»Ist ja auch egal«, fuhr sie fort. »Es tut mir jedenfalls leid, dass ich gestern so reserviert war. Ich musste erst in Ruhe darüber nachdenken, wie ich Ihnen die Neuigkeiten am besten überbringen soll. In solchen Situationen verhalte ich mich manchmal wie ein emotionaler Krüppel. Meine Kollegen beschweren sich regelmäßig darüber und behaupten, ich sei arrogant und frei von Empathie. Aber egal. Hier geht es um Sie und nicht um mich. Hey, jetzt erschrecken Sie bitte nicht, Sie sind ja kreidebleich!«

Ich krallte mich mit beiden Händen an der Stuhllehne fest. Das war mein Ende. Sie hatte zwar Mitleid, aber musste mir trotzdem schonend beibringen, wie es um meine Zukunft bestellt war. Finster, sehr finster.

»Wie soll ich denn da nicht erschrecken?«, stammelte ich schlapp. »Ich mache mir vor Angst gleich in die Hose.«

»Aber das ist gar nicht mehr nötig, Britney. Wir haben den Kerl!«

»Hä? Welchen Kerl?« Ich verstand überhaupt nichts mehr.

»Francis Seyfried, also Vitos Vater. Wir haben ihn gestern Nachmittag verhaftet. Er ist nach dem jetzigen Stand der Ermittlungen verantwortlich für die Sachbeschädigungen und den Schuss.«

Wortlos starrte ich sie an. Vitos Vater sollte auf mich geschossen haben? Er hatte meinen Reifen zerstochen und den Stein geworfen? Konnte das wirklich wahr sein?

»Das ist bestimmt ein Schock für Sie«, mutmaßte Emily, stand auf und bereitete Kaffee vor. »Ihr erzähle mal weiter. Unterbrechen Sie mich bitte, wenn offene Fragen auftauchen. Mein Team und ich haben bei Ihren Nachbarn Befragungen durchgeführt. Diese förderten eine Personenbeschreibung zutage, dank derer Francis Seyfried gefasst werden konnte. Aber … und nun kommt das große *Aber* …«

Ich seufzte. Zu mehr war ich nicht in der Lage, denn es hatte mir die Sprache verschluckt.

»Wir haben ja noch den Deal mit der Schule. Sergeant Canto, also mein Chef, hatte mit Ihrem Chef fest vereinbart, dass nichts in Sachen Amoklauf nach draußen dringt. Ihr Direktor Duchovny würde vermutlich durchdrehen, wenn wir uns nun nicht an die Spielregeln halten, weil sich die Situation geändert hat. Laut Canto musste der Vorfall weiterhin unter den Teppich gekehrt werden. Selbst wenn Vitos Vater Mist gebaut hat.«

»*Mist* nennen Sie das, dass mich jemand erschießen wollte?«, fragte ich ungläubig. »Ich habe Vitos Vater lediglich ein- oder zweimal bei Schulveranstaltungen gesehen. Der ist genauso unauffällig wie sein Sohn. Und der wollte mich um die Ecke bringen? Krass.«

»Tja, stille Wasser sind tief«, bestätigte sie. »Jedenfalls verlangte Canto, die Ermittlungen einzustellen. Aber das sehe ich gar nicht ein. Ich finde es genauso skandalös wie Sie. Wir leben in einem Rechtsstaat, in dem man nicht nach Lust und Laune die Gesetze für oder gegen seine Gunsten auslegen kann. Ich sagte ihm, dass ich klar dagegen bin, auch wenn ich damit meinen guten Draht zu ihm aufs Spiel setze.«

»Hat Ihr Protest denn etwas gebracht?«

»Nicht wirklich, ehrlich gesagt«, sagte sie kopfschüttelnd. »Vitos Vater ist bereit, alle Schäden zu ersetzen und zusätzlich einen kleinen Bonus obendrauf zu legen, wenn Sie mit der Einstellung der Ermittlungen einverstanden sind.«

»Damit ich das richtig verstehe: Weder Vito noch Francis Seyfried werden für ihre Taten zur Rechenschaft gezogen, wenn ich es absegne?«

»Korrekt«, bestätigte sie. »Und die gesamte Familie Seyfried zieht aus Fairmont weg. Die haben anscheinend Geld wie Heu.«

»Womit mal wieder bewiesen wäre, dass Geld die Welt regiert.« Ich strich mir mit den Fingern über die Lippen und dachte nach. »Und Sie sind sicher, dass er es wirklich war? Nicht, dass noch ein anderer Irrer rumläuft und mich munter weiterbedroht, obwohl die Seyfrieds längst fort sind.«

»Wieso sollte er sonst eine Art Schweigegeld bezahlen?«, stellte Emily die Gegenfrage.

»Eine Art?« Ich brachte ein Grinsen zustande.

Wäre es nicht zufällig um mich gegangen, hätte ich schallend gelacht. So was gab es eigentlich gar nicht in echt, hatte ich immer geglaubt. Und nun wurde ich Zeugin eines Kuhhandels. Doch was hatte ich zu verlieren? Nichts. Im Gegenteil: Zukünftig würde Vitos Vater mich garantiert nicht mehr belästigen.

»In Ordnung. Mir reicht das als Abmachung aus«, sagte ich. »Ich will in Ruhe leben können und in meinem eigenen Bett schlafen. Von mir aus kann der blöde Seyfried mit seiner Sippe abhauen und vorher noch einen dicken Batzen für den neuen Bootsanleger am Lake Hall springen lassen.«

»Ich fürchte, was mit dem Geld passieren wird, weiß nur mein Chef«, sagte sie augenzwinkernd.

»Und meiner.«

»Danke, Britney. Dann werde ich gleich mal meinen Boss anrufen und ihm das mitteilen. Mir ist zwar nicht wohl bei der ganzen Aktion, aber was soll's.«

22

Einen ganzen Tag und eine Nacht lang igelte ich mich in meiner Wohnung ein. Wie gut das tat. Die vertraute Umgebung beruhigte mich und half mir, klar zu denken. Für die Polizei war mein Fall zwar zu den Akten gelegt worden, doch ich hatte noch eine große Rechnung offen. Es war gut, nicht mehr in Emilys Fokus zu stehen. So konnte ich sichergehen, dass mich niemand bei meinem Vorhaben stören würde. Travis würde sein blaues Wunder erleben.

Ich steckte mir ein Kaugummi in den Mund und setzte mich an den Küchentisch, bevor ich seine Telefonnummer wählte. Ich wollte konzentriert, aber nicht zu angespannt vorgehen. Auf keinen Fall sollte er an meinem Tonfall merken, wie wichtig mir die Angelegenheit war. Das letzte Mal hatten wir uns gesehen, als er den Reifen gewechselt hatte und beim Rausgehen fast Paul in die Arme gelaufen war. Er ging bestimmt davon aus, dass ich nichts mehr mit ihm zu tun haben wollte. Schließlich war ich beim Pizzaessen kühl und abwesend gewesen. Mein unerwarteter Anruf dürfte ihn überraschen.

»Hallo?«, formulierte er seine Begrüßung als Frage.

»Hi Travis, ich bin's, Britney.«

»Ach, Mrs. Spears ... Welch Ehre, dass du überhaupt noch mit mir sprichst.«

»Sehr witzig«, konterte ich gespielt beleidigt, dabei passte mir sein zickiges Verhalten hervorragend in den Kram. »Bist du sauer auf mich, oder warum redest du so komisch?«

»Ehrlich gesagt hatte ich gar nicht mehr an dich gedacht. Tut mir leid, dich enttäuschen zu müssen.«

»Das ist wirklich sehr charmant.«

Er räusperte sich und sprach in freundlicherem Ton weiter. Von oben herab, als würde er mir seine Gunst erweisen. Das klappte ja wie am Schnürchen. »Was wolltest du denn von mir, Honey? Sorry für meine harschen Worte. Ich habe derzeit fürchterlich viel um die Ohren.«

»Kein Problem. Du kannst nichts dafür, dass ich dich so überfalle. Bei mir ist auch einiges los. Ich hatte ziemlichen Stress mit meinem Freund.«

»War das der Typ vor deiner Tür, als ich gerade abhauen wollte?«

»Ja, genau, das war Paul.«

»Aber ihr hattet hoffentlich nicht wegen mir Ärger? Dann wäre er ein ganz schöner Spießer. Wir haben schließlich nur Pizza gegessen. Vollkommen harmlos.« Er lachte schelmisch. Ja, das gefiel ihm, wenn er im Zentrum des Geschehens stand. Was für ein Narziss.

»Doch, er hat auch wegen dir rumgestresst. Aber unsere Beziehung hatte sowieso keine Zukunft mehr, zumindest nicht für mich. Sonst hätte ich mich gar nicht auf dich eingelassen.« Ich senkte die Stimme. »Unsere Nacht am See war echt schön, Travis. Ich muss oft daran denken …«

»Ich auch«, log er dreist. »Wenn du es wiederholen möchtest, Baby, musst du es nur sagen.«

»Mir wäre es lieber, wenn du zu mir kämst. Irgendwie fände ich das ein bisschen geiler.«

»Bei dir fändest du es geiler?«, hakte er erstaunt nach. »Das überrascht mich. Letztes Mal warst du kühler als ein Eisschrank, als ich bei dir war.«

»Ja, stimmt. Lag wahrscheinlich an meiner Zerrissenheit. Die ständige Streiterei mit Paul, dann du … Das wurde mir alles zu viel. Na ja, jetzt habe ich mich von ihm getrennt. Freie Bahn sozusagen.«

»Oha, herzlichen Glückwunsch! Aber ich muss dich gleich warnen. Ich bin kein brauchbarer Tröster bei Liebeskummer.«

»Ich habe keinen Liebeskummer. Es ist alles noch etwas ungewohnt, aber andererseits bin ich endlich frei. Um mir den letzten Tritt in den Hintern zu geben, hätte ich dich halt gern hier. Wenn wir beide in meiner Wohnung …« Ich machte Geräusche wie eine rollige Katze und hörte, wie sein Atem schneller ging. »Mir würde das helfen, schneller von meinem Ex loszukommen.«

»Mehr Ruhe hätten wir allerdings auf jeden Fall am Lake Hall. Da können wir alles machen, worauf du stehst, Baby.«

»Vielleicht. Aber das können wir hier auch. Außerdem verschafft es mir ein Gefühl von Macht, wenn wir es in meinem Bett miteinander treiben«, raunte ich liebestoll.

»Verstehe ich besser, als du glaubst«, biss er an. »Ich kann heute Abend um acht bei dir sein.«

»Perfekt. Ich freu mich auf dich, Travis«, hauchte ich.

Nachdem ich aufgelegt hatte, schickte ich Carol eine WhatsApp.

Heute Abend geht es los, bitte ruf mich so schnell wie möglich an. Bald haben wir den Scheißkerl!

Ich schnappte mir meine Handtasche und eilte zum Auto, um zu *Walmart* zu fahren. Ich benötigte unbedingt ein paar Sachen, die ich dort hoffentlich bekommen würde. Auf dem Parkplatz des Supermarkts angekommen, meldete sich Carol endlich.

»Was ist denn?«, fragte sie unfreundlich. »Ich habe nicht viel Zeit. Noah und die Kinder sind gerade im Garten, aber sie können jeden Moment wieder reinkommen.«

»Wir haben einen Deal«, erinnerte ich sie. »Du hältst dich daran, oder?«

»Ja, ja, schon gut. Nun erzähl schnell!«

»Heute Abend um acht kommt Travis zu mir. Ich habe ihn angerufen und um ein Date gebeten. Erst war er etwas skeptisch und wollte mich in die Hütte am See locken, aber als ich erwähnte, Macht zu verspüren, wenn er und nicht Paul in meiner Wohnung ist, wurde er neugierig und stimmte zu.«

»Ihr seid anscheinend beide etwas krank im Kopf«, sagte sie abfällig. »Und weiter? Was hat das mit mir zu tun?«

»Du musst mich natürlich retten, falls er mich wieder mit K.-o.-Tropfen betäubt. Später kannst du als Belastungszeugin zur Verfügung stehen. Wir legen ihn rein. Er tappt voll in die Falle.«

»Du bist total der Psycho, Britney. Vielleicht will Travis einfach nur mit dir ins Bett. Schon mal über die Möglichkeit nachgedacht?«

»Dann ist es umso besser. Aber falls es so ist, wie ich vermute, können wir ihn überführen. Pass auf, Carol. Bitte sei um fünf Uhr bei mir. Ich bin jetzt gerade bei Walmart und will zwei Videokameras besorgen. Die stelle ich zu Hause auf, um belastendes Videomaterial zu haben. Ich gebe dir um fünf einen Zweitschlüssel. Dann können wir uns auch noch über weitere Details abstimmen.«

»Wenn's dich glücklich macht«, brummte sie.

»Mich macht es nicht glücklich, sondern es beruhigt mich, wenn Travis endlich die Strafe bekommt, die er verdient. Ich verstehe nicht ganz, wo dein Problem liegt, aber es ist mir jetzt auch egal. Abgemacht ist abgemacht.«

»Meinetwegen. Bis nachher bei dir.«

***

Es war nicht leicht, eine passende Stelle im Schlafzimmer zu finden, an der Travis eine Kamera nicht entdecken würde. Sie einfach auf den Kleiderschrank zu stellen, schied als Möglichkeit aus – viel zu gut einsehbar. Um sie in der Deckenlampe zu verstecken, war ich viel zu ungeschickt. Außerdem fehlte mir die Zeit für solche Experimente. Über der Zimmertür ließ sich ebenfalls nichts anbringen. Ich entschied mich letztendlich für einen Platz auf meiner Kommode, die ich mit lauter Krimskrams und Deko vollpackte, damit die Kamera nicht auffiel. Ursprünglich war der Raum ordentlich und aufgeräumt gewesen, doch jetzt drapierte ich Klamotten, Schmuck und Handtaschen wie zufällig hingeworfen in allen Ecken und Winkeln, um von der winzigen Kamera abzulenken, die nur noch darauf wartete, aktiviert zu werden.

Wo blieb Carol bloß? Es war bereits zehn Minuten nach fünf. Wehe, sie würde sich nicht an ihr Versprechen halten! Ich konnte schlecht erneut ihre Kinder entführen, doch ich schwor innerlich Rache … Ah, es klingelte endlich an der Haustür. Rasch lief ich hin und riss die Tür auf.

»Da bist du ja end…«

Weiter kam ich nicht, denn vor mir stand nicht Carol, sondern ein schwarz gekleideter Mann mit Maske, der sich mit voller Wucht gegen die Tür stemmte und mich brutal am Oberkörper packte. Ich war so überrumpelt, dass ich keinen Ton herausbrachte. Der Kerl stieß mich nach hinten, mit der Faust schlug er mir mitten ins Gesicht. Der dumpfe Schmerz raubte mir den Atem. Ich stöhnte auf. Dann wurde es dunkel.

***

Mein Kopf dröhnte. Benommen öffnete ich die Augen und fand mich auf meinem Bett wieder. An den Armen und Beinen war ich gefesselt. Stöhnend versuchte ich, eine andere Liegeposition einzunehmen, und drehte mich unbeholfen hin und her, doch es gelang nicht. Ich lag ausgestreckt auf dem Rücken. Die Hände waren vorm Bauch gefesselt, die Beine an den Knöcheln miteinander verbunden. Verdammt, ich konnte überhaupt nichts ausrichten. Angestrengt guckte ich zum Nachttisch. Mein Blick war noch verschleiert, ständig fielen mir die Lider zu, doch ich zwang mich zur Konzentration.

Ich war vermutlich nur kurze Zeit bewusstlos gewesen, rekonstruierte ich. Der Wecker zeigte an, dass es halb sechs war. Ein Sinn nach dem nächsten kam zurück. Immerhin etwas. Ob das gut oder schlecht war, würde sich gleich herausstellen. Ich hatte wohl aufgrund der Brutalität des Angriffs sofort mein Bewusstsein verloren, war aber nicht schwer verletzt. An die Eingabe von K.-o.-Tropfen konnte ich mich zumindest nicht erinnern. Mein Gesicht und sämtliche Gliedmaßen taten fürchterlich weh. Das Schwein musste mich äußerst grob ins Bett geschleppt haben. Ich hatte einfach überall Schmerzen. Immerhin war ich bekleidet und hatte meine Klamotten an. Noch.

Auf einmal knackte es schräg rechts von mir. Erschrocken riss ich den Kopf zur Seite und schaute in eine große Kamera, die auf einem Stativ vorm Bett stand und direkt auf mich gerichtet war. Oh Gott! Ich wollte um Hilfe schreien, doch mir stockte der Atem. Hinter der Kamera stand der Maskierte und startete mit einem Klick die Aufnahme.

»Hilfe«, jammerte ich leise, obwohl ich genau wusste, dass es nichts brachte. »Hilfe!« Ich fing an zu weinen.

Mit zwei Schritten war bei mir und beugte sich vor. Ich erkannte ihn sofort und fragte mich, warum Beverly es bei ihrem Einbrecher nicht entdeckt hatte. Dieses Schwein. Er humpelte immer noch ein bisschen, aber es war nicht nur das. Travis' lange Beine und seinen muskulösen Körper kannte ich gut genug. Er war es eindeutig. Dennoch behielt er die fürchterliche schwarze Plastikmaske an. Nur zwei kleine Löcher zum Durchgucken waren zu erkennen, doch ich konnte seine Augen nicht sehen. Ich war starr vor Angst und versuchte, meinen Kopf von ihm wegzudrehen. Er kam mir zuvor und griff nach meinem Kinn.

»Dumm gelaufen, was, Britney?«, zischte er mir ins Ohr.

»Warum tust du das?«, heulte ich leise. »Bitte mach mich los, ich verrate auch niemandem, dass du hier warst.«

Er lachte zynisch auf. »Haha, warum sollte ich dich laufen lassen, bevor der Spaß beginnt?«

»Weil gleich jemand kommt. Ich habe mich verabredet. Man wird dich erwischen. Bitte nimm mir die Fesseln ab – wenn nicht für mich, dann für dich. Meine Freundin muss jeden Moment auftauchen.«

»Das glaube ich kaum. Deine feine Freundin Carol hat dich nämlich verraten. Oder was glaubst du, woher ich den Tipp habe, dass ich mich besser schon früher um dich kümmern sollte? Das war sie ... Ihr blöden Weiber seid alle gleich. Du kannst dich später bei ihr bedanken für das, was du gleich Feines erleben wirst.«

Schluchzend schloss ich die Augen, während er weiter seine Boshaftigkeit an mir ausließ und mein Gesicht mit den Fingern fast zerquetschte. Ich war so unfassbar dumm gewesen, Carol zu vertrauen. Sie hatte sich nicht an unseren Deal gehalten. Wie konnte sie mir das nur antun?

Travis flüsterte: »Ich filme bereits jetzt alles. Anschließend stelle ich die Videosequenz ins Internet, damit jeder sehen kann, wie es dir gefällt, hart rangenommen zu werden. Du kannst es dir ja später ansehen, um aus einer anderen Perspektive zu erleben, was ich mit dir angestellt habe.«

Ich war absolut bewegungsunfähig, lag stocksteif auf dem Rücken und konnte körperlich nichts gegen ihn ausrichten. Die Gedanken fuhren in meinem Kopf Achterbahn. Ein letzter hilfloser Versuch kam mir in den Sinn. Ich schaute nach vorn und schrie in die Kamera: »Travis Mathewson!«

Er verpasste mir umgehend eine schallende Ohrfeige, sodass es in meinem Schädel klingelte und rasselte. Als er ein durchsichtiges Röhrchen hervorholte und mir den flüssigen Inhalt zwangsweise in den Mund schüttete, war ich nicht mehr in der Lage, mich überhaupt noch irgendwie zu wehren. Die Wirkung der K.-o.-Tropfen setzte bereits nach wenigen Sekunden ein.

»Die magst du doch so gerne«, lachte er hinterhältig. Es wurde langsam finster um mich, aber ich zwang mich, so lange wie möglich wach zu bleiben. Seine Stimmlage wurde immer gemeiner. Er geilte sich an seiner Machtposition regelrecht auf. »Es hat gar nichts gebracht, mich zu denunzieren und meinen Namen zu nennen. Ich schneide den Film, damit die Leute nur das sehen, was ich entscheide. Ein maskierter Mann treibt es mit der schlafenden Britney Berenson – das ist es, was das Video zu bieten hat.«

Ich wollte etwas sagen, doch meine Zunge klebte am Gaumen und fühlte sich wie Wackelpudding an. Nur noch undefinierbare Wortfetzen brachte ich zustande. Es war so schwer, mich gegen die Müdigkeit zu wehren. Was war das auf einmal für ein Lärm? Poltern, dunkle Stimmen, von irgendwoher hörte ich jemanden meinen Namen rufen. Travis ließ mein Gesicht los und drehte sich panisch zur Tür um. Statt eines Hilfeschreis kam aus meiner Kehle nur ein Krächzen. Mein Körper war wie Blei, sämtliche Geräusche verschwammen zu einem undefinierbaren Einheitsbrei. Das Letzte, was ich wahrnahm, war Travis, der in Richtung meines Fensters floh. Dann fiel ich in einen komatösen Schlaf.

23

Ich hätte so gern weitergeschlafen, doch ein Fremdkörper an meinem Oberarm hinderte mich daran. Alle paar Minuten pumpte sich etwas daran auf und weckte mich. Genervt gab ich es auf und versuchte, das Surren und Piepen um mich herum zu deuten, ohne hinzusehen. Ein Krankenhaus. Ich befand mich in einem Krankenhaus. Plötzlich riss ich hellwach die Augen auf und entdeckte eine Blutdruckmanschette am Arm. Die Vorhänge waren zugezogen, nur ein schwaches Nachtlicht erhellte den Raum.

»Hallo, Sie Langschläferin«, ertönte eine Frauenstimme. »Wie geht es Ihnen?«

»Emily, Gott sei Dank!« Erleichtert atmete ich aus und rückte im Bett ein Stück nach oben. Die Polizistin trug ihre Uniform. Wie beruhigend – ich war also in Sicherheit. »Wie es mir geht? Keine Ahnung. Kopfschmerzen, die Beine tun weh, aber sonst … Sagen Sie es mir. Wie spät ist es eigentlich?«

»Es ist gleich fünf Uhr in der Früh. Sie haben eine leichte Gehirnerschütterung und Hämatome am ganzen Körper. Außerdem ein paar Prellungen, aber es ist nichts gebrochen. An einem Modelwettbewerb könnten Sie momentan allerdings nicht teilnehmen. Ihr Gesicht sah schon mal besser aus.« Sie schenkte mir ein warmes Lächeln und griff nach meiner Hand. »Das verheilt alles wieder. Sie haben großes Glück gehabt, Britney.«

Sie griff nach dem Pieper, der auf meiner Bettdecke lag, um eine Krankenschwester zu rufen, doch ich hielt sie zurück.

»Warten Sie noch kurz damit. Bitte erzählen Sie mir zuerst, was genau passiert ist. Ich war auf einmal weg … Verdammt, ich kann mich nicht mehr daran erinnern, was dieser Scheißkerl mit mir angestellt hat!«

»Sie haben es Ihrem Nachbarn zu verdanken, dass wir Sie retten konnten, bevor etwas Schlimmeres passiert ist. Der alte Mann im Haus direkt neben Ihnen, Walter Hemelgarn, hatte einen maskierten Mann gesehen, der zu Ihrer Tür huschte. Er war so schnell dahinter verschwunden, dass Ihr Nachbar sich Sorgen machte.«

»Mr. Hemelgarn? Das ist unfassbar. Ich dachte immer, der kann mich nicht leiden. Er hat mich bislang kaum gegrüßt. Und jetzt habe ich ihm vielleicht sogar mein Leben zu verdanken.«

»Möglicherweise. Ob der Kerl Sie umgebracht hätte, weiß ich nicht. Er schien etwas anderes vorgehabt zu haben … Nichts Gutes, so viel steht wohl fest.«

»Hm«, nickte ich schuldbewusst und wich Emilys ernstem Blick aus. Ich ahnte, dass ich gleich eine Standpauke erhalten würde.

»Mr. Hemelgarn kam das jedenfalls komisch vor, zumal er mitbekommen hatte, dass Ihr Fenster eingeschmissen worden war. Er alarmierte die Polizei, kurz nachdem der Täter sich bei Ihnen Eintritt verschafft hatte. Haben Sie ihn eigentlich arglos reingelassen?«

»Nein, er hat mich überrumpelt. Eigentlich hatte ich jemand anderes erwartet und ausnahmsweise nicht durch den Spion geguckt. Schön blöd. Als ich öffnete, war es schon zu spät. Er schlug mir direkt ins Gesicht, und ich fiel zu Boden.«

»Sie berichten mir im Anschluss, wen Sie erwartet hatten.«

»Aye, aye, Inspector Shore«, wagte ich einen Scherz, doch Emily reagierte nicht darauf.

»Die Kollegen aus der Notrufzentrale waren aufgrund der Adresse alarmiert und meldeten sich umgehend bei mir. Was ziemlich gut war, das können Sie mir glauben. Normalerweise wäre es nicht so schnell gegangen. Aber so rasten ein Kollege und ich sofort los. Er hat dann Ihre Tür aufgebrochen und uns Zugang verschafft.«

»Danke, Emily«, wisperte ich kleinlaut. »Das kann ich nie wiedergutmachen.«

»Quatsch, das müssen Sie natürlich auch nicht. Das ist mein Job. Außerdem bin ich selbst heilfroh, den Täter an der Flucht gehindert zu haben.«

»Sie können ihn ruhig beim Namen nennen. Ich weiß ja, wer er ist: Travis Mathewson.«

»Einverstanden. Und jetzt müssen Sie sich meine Moralpredigt anhören.«

»Schießen Sie los, ich hab's verdient.«

»Ist Ihnen eigentlich klar, wie gefährlich Ihr Alleingang war? Der totale Wahnsinn! Sie hätten mich einweihen müssen, Britney!«

»Sie haben recht. Es tut mir leid.«

»Mathewson hat Ihnen eine viel zu hohe Dosis verabreicht. Das hätte sehr böse enden können. Ob absichtlich oder im Eifer des Gefechts, bleibt mal dahingestellt. Fakt ist, dass er Ihnen wohl übel mitgespielt hätte, um seine perversen Fantasien in die Tat umzusetzen. Wir konnten ja sein Video sichern, worauf zu erkennen war, wie er es genoss, Ihnen die K.-o.-Tropfen in den Rachen zu kippen. Was für ein Sadist!«

»Dieses Arschloch. Kein Wunder, dass mir kotzübel ist.«

»Soll ich einen Arzt rufen?«

»Nein, noch nicht. Ich nehme mir vorsichtshalber die Spuckschale.« Ich langte zum Nachttisch und griff nach einem nierenförmigen Pappschälchen.

»Man hat Ihnen den Magen auspumpen müssen, so vollgedröhnt waren Sie. Hat er eigentlich viel zu Ihnen gesagt? Er hat sehr leise gesprochen, sodass wir das auf dem Video nicht verstehen konnten.«

»Oh ja, eine ganze Menge. Er ergötzte sich daran, was er mit mir anstellen würde und dass ich es mir später im Internet ansehen könne. Außerdem bereitete es ihm ein diebisches Vergnügen, mir zu berichten, wer mich verraten hatte ...«

»Ich glaube, jetzt ist es wohl an der Zeit, auszupacken, was?«, sagte Emily augenzwinkernd.

Dankbar fing ich ihr Lächeln auf und begann mit meinem Bericht. »Am besten, ich fange von vorn an. Als ich bei Ihnen im Büro war, ist Ihnen der Name der vergewaltigten Frau rausgerutscht. Ich wollte mir selbst ein umfassendes Bild machen und besuchte sie.«

»Sie waren bei Beverly Pace?« Sie zog überrascht die Augenbrauen hoch.

»Ja. Sorry, ich weiß jetzt auch, dass ich das lieber Euch überlassen hätte.«

»Allerdings. Oh Mann, Britney, Sie sind mir ja eine. Also, erzählen Sie weiter, ich bin gespannt!«

24

Ich nutzte die Tage im Krankenhaus, um die vergangenen Wochen Revue passieren zu lassen. Bis die äußerlichen Blessuren verheilen würden, würde ich mich gedulden müssen. Anfangs waren die Blutergüsse noch dunkelblau gewesen. Inzwischen wechselten die Farben fast täglich: Lila, Dunkelrot und Gelb. Mein Gesicht passte sich dem herbstlichen Naturspektakel an.

Ich spazierte durch üppige Blätterhaufen, die an den Straßenrand gefegt worden waren, und stieß wie ein Kind mit dem Fuß hinein, sodass das Laub durch die Luft wirbelte. Auf einmal gefiel mir Minnesota. Die Luft war klar und roch bereits nach Winter, aber die Sonnenstrahlen hatten noch genug Kraft, um den Mantel nicht zuknöpfen zu müssen. Außerdem konnte ich endlich meine Lederstiefel anziehen, mit denen in Florida nichts anzufangen war.

Mein behandelnder Arzt hatte mir geraten, täglich mindestens zwei Stunden an der frischen Luft zu verbringen. Das würde Körper und Seele beruhigen und außerdem die lädierten Knochen wieder in Schwung bringen. Wie sich herausstellte, hatte Travis mir nämlich noch zusätzlich Rippenprellungen, eine Nierenquetschung und eine Bänderverletzung am rechten Fuß beschert. In die Schule konnte ich so schnell nicht wieder, also beschloss ich, das Beste aus der Situation zu machen und all die Dinge zu tun, für die ich bisher entweder keine Zeit gefunden oder an die ich mich nicht herangetraut hatte. Endlich backen lernen, alte Freundinnen besuchen und meine Wohnung gemütlich dekorieren, so lautete der Plan.

Doch zuerst musste ich etwas erledigen, was mir besonders am Herzen lag: Ich wollte mich mit Carol aussprechen. Das Thema Travis musste endlich abgeschlossen werden. Ich wollte einen richtigen Neuanfang – und dazu gehörte auch, alten Ballast abzuwerfen und klar Schiff zu machen. Es war ungerecht, Carol an allem die Schuld zu geben, denn ohne meine dämliche Eifersucht auf sie und ihr ach so perfektes Leben wäre all das gar nicht erst geschehen. Ich war selbst dafür verantwortlich, dass Travis bei mir leichtes Spiel gehabt hatte.

Ich konnte nur darüber rätseln, warum Carol mir so viel Böses wünschte, dass sie mich an ihn verraten hatte. Ihre Hinterhältigkeit gab mir immer noch einen kleinen Stich. Vermutlich war ich naiv gewesen, als ich glaubte, wir könnten Travis gemeinsam in eine

Falle locken. Vereinte Frauenpower hin oder her – so was gab es wohl nur in Filmen. In Wahrheit kämpfte jede für sich allein. Carol war schließlich immer noch in ihn verliebt gewesen und sah in mir nicht die Verbündete, sondern eine Rivalin. Dass Travis keine von beiden haben wollte, sondern es ihm um Macht über jede x-beliebige Frau ging, wollte sie nicht wahrhaben. Vielleicht war sie wenigstens jetzt geheilt. Ich wollte mit ihr Frieden schließen und machte meinen heutigen Spaziergang in Richtung ihres Hauses.

Was würde mich dort erwarten? Vielleicht fegte Noah das Laub im Vorgarten weg, während Harper auf Inlineskates die Straße entlangsauste. Der kleine Benjamin suchte womöglich Kastanien unter einem großen Baum, der die ersten braunen Früchte verloren hatte. Carol könnte das Küchenfenster öffnen und ihre Familie rufen, um gemeinsam zu Mittag zu essen. Danach säßen die vier gemütlich auf dem Boden und würden aus Kastanien, Eicheln und Blättern lustige Männchen basteln.

In meinem Kopf formten sich die harmonischen Bilder Stück für Stück wie ein Puzzle zusammen. Ich war machtlos gegen den erneuten Neidschub, der aus klischeehaften und kitschigen Werbespots bestand und nicht aus der Realität. Ich wusste doch ganz genau, dass Carols Eheleben unglücklich war. Wieso konnte ich nicht endlich damit aufhören? Ich blieb stehen und hielt inne. An der nächsten Kreuzung musste ich rechts abbiegen, dann war ich schon in der

Straße von Familie Miller. Noch einmal tief durchatmen und allen Mut zusammennehmen.

Langsam steuerte ich auf Carols Haus zu. Jetzt war ich es, die wegen einer Verletzung humpelte. Ironie des Schicksals. In den Vorgärten spielten trotz des malerischen Wetters keine Nachbarskinder. Die Straße wirkte wie ausgestorben – bis auf einen großen Transporter mit geöffneten Heckklappen. Er parkte vor Noahs und Carols Auffahrt, einige Möbelstücke standen davor, andere befanden sich auf der Laderampe. Ich blieb stehen, um zu beobachten, was da los war. Neben dem Wagen tauchten zwei Männer in braunen Overalls auf. Es handelte sich offensichtlich um ein Umzugsunternehmen.

Noah kam mit einer Stehlampe in der Hand hastig aus der Haustür geeilt, dicht gefolgt von Carol, die nichts schleppte, sondern aufgebracht auf ihren Mann einredete. Er stoppte abrupt und drehte sich zu ihr um. Sein wütender und lauter Ton drang bis zu mir herüber.

»Das hättest du dir vorher überlegen müssen! Du hattest so viele Chancen.«

Sie sagte etwas, schien zu weinen. Ich konnte nur Bruchstücke hören. »... Will das nicht ... Bitte ... Noah!«

»Verschwinde, Carol, lass mich einfach in Ruhe«, entgegnete er kraftlos und frustriert.

Die beiden bemerkten mich nicht. Hoffentlich waren Harper und Benjamin nicht daheim und erlebten diesen traurigen Moment mit. Ich hatte hier ebenfalls nichts verloren. Mein ursprünglicher Wunsch, ein klärendes Gespräch mit Carol zu führen, löste sich in Luft aus. Genau wie meine Eifersucht auf sie und ihr Leben. Ich wusste nicht, wessen Möbel im Umzugswagen landeten und ob gerade Noah oder Carol auszog. Es spielte keine Rolle. Sie trennten sich. Eine vermeintlich glückliche Familie würde sich neu sortieren müssen.

Ich drehte mich um und ging zurück in die Richtung, aus der ich gekommen war. Auf Jennas Geburtstagsparty wäre ich fast in Tränen ausgebrochen, weil Carol alles zu haben schien – und ich gar nichts. Dieses Gefühl löste sich in Luft auf. Der äußere Schein konnte manchmal verdammt täuschen. Ich war nicht schadenfroh. Die Kinder taten mir leid, und auch in Carols Haut hätte ich nicht gern gesteckt. Nicht mehr. Was mir anfangs wie ein wahr gewordener Lebenstraum vorgekommen war, zerplatzte jetzt wie eine Seifenblase. Ich hatte Schein mit Sein verwechselt und war dabei fast umgerissen worden.

Das sollte mir nie wieder geschehen. Nachdenklich bückte ich mich, hob ein rotes Blatt vom Boden auf und hielt es gegen die Sonne. Ich fühlte mich wie befreit, als ich hindurchblinzelte.

Nachwort

Liebe Leserinnen und Leser,

vielen Dank, dass Sie mein Buch gekauft haben. Ich hoffe, Ihnen hat mein zweiter Psychothriller unter dem Pseudonym Amy Paige gefallen. Der nächste ist in Arbeit und bereitet mir schon schlaflose Nächte; er wird den Titel „His Only Girl – Der Stalker" tragen. Wenn Sie keine Veröffentlichung verpassen wollen, tragen Sie sich bitte in meinen Newsletter ein:

https://www.kirstenwendt.de/newsletter/

Ansonsten freue ich mich über jede Zuschrift, gern auch als E-Mail oder bei Facebook. Besonders für eine Rezension bei Amazon bin ich Ihnen sehr dankbar.

wendt.kirsten@t-online.de

https://www.facebook.com/WendtHuennebeck/

Zusätzlich schreibe ich auch weiterhin als Kirsten Wendt und Kirstie Papers Romane und Sachbücher, doch derzeit ist Amy mein Lieblingsprojekt. Haben Sie einen Favoriten?

Herzliche Grüße,
Ihre Kirsten Wendt

Weitere Thriller der Autorin

Brave Girl – Nichts ist, wie es scheint
Amy Paige

Wem kannst du noch trauen, wenn selbst die beste Freundin dich verrät?

Hinter den braven Häuserfassaden der Rose Avenue lauern Angst und Frust. Drei Frauen, die unterschiedlicher nicht sein könnten, raufen sich zusammen, um ihre Familien zu beschützen. Lange Zeit wähnt Lilian sich in Sicherheit. Doch der Pakt mit den beiden Freundinnen steht auf wackeligen Beinen, denn hinterhältige Lügen und Männergeschichten funken immer wieder dazwischen. Als es ein erstes Todesopfer in der Nachbarschaft gibt, bricht das trügerische Vorstadtidyll endgültig in sich zusammen. Wird Lilian die Wahrheit rechtzeitig erkennen und damit ihr Leben retten?

Bruderlos
Kirsten Wendt & Marcus Hünnebeck

Ein brutaler Serienmörder beobachtet sein nächstes Opfer. David Storm wird in die Mordkommission versetzt, als die Polizei endlich eine erfolgversprechende Spur entdeckt. Sein Bruder Alexander wittert die Chance, von der Mordserie zu profitieren. Der Schriftsteller entlockt dem Polizisten geheime Informationen und schickt die beiden dadurch in einen Strudel aus Hass, Verrat, Geheimnissen und Tod

Opferraum
Kirsten Wendt & Marcus Hünnebeck

Delias Ehe ist am Ende. Ihr Mann Gregor betrügt sie mit einer Jüngeren, und Delia glaubt, dass er mit ihrem Familienerbe durchbrennen will. Panisch sammelt sie Beweise für das Scheidungsverfahren, als sie endgültig zum Opfer wird. Von einem Fremden brutal verschleppt, findet sie sich eingesperrt in dessen Wohnung wieder. Was will der Entführer von ihr? Handelt er in Gregors Auftrag? Oder ist sie zufällig ins Visier eines unberechenbaren Psychopathen geraten? Während Delia nach Antworten sucht, hat der Kampf ums Überleben längst begonnen.

28029005R00160

Printed in Poland
by Amazon Fulfillment
Poland Sp. z o.o., Wrocław